당신들의 나라

당신들의 나라

이유 장편소설

문학동네

차례

파란

1

파란은 버스 정류장에 서 있었다. 일을 마치고 집으로 가는 버스를 기다리던 중이었다. 경찰이 다가오더니 여권을 보여달라고 했다. 여권을 확인한 경찰은 그 자리에서 수갑을 채웠다. 파란은 바로 체포되어 '그곳'으로 보내졌다. 내가 파란을 만나기 위해 그곳에 간 것은 그로부터 사 년이 지난 뒤였다.

나는 혼자가 아니었다. 동행한 남자가 있었다. 나보다 서너 살 연상으로 보이는 사십대 초반의 외모였고, 미스터 바크로 불린다는 것이 내가 그에 대해 아는 전부였다.

방문자인 바크와 내 앞에는 스피커폰이 있었다. 바크는 스피커폰에 대고 파란에게 잘 지냈느냐고 물었다.

"그래."

투명 아크릴 벽 너머 파란은 벽에 붙은 인터폰의 수화기를 두 손으로 꼭 잡고 말했다. 나중에 알았지만 파란의 '그래'는 잘 지낸다, 까지는 아니더라도 그런대로 괜찮다, 정도의 의미였다.

바크는 나를 파란에게 인사시켰다. 파란을 보고 싶어 왔어, 함께 면회해도 괜찮을까, 물었고 이번에도 파란은 그래, 하고 수줍게 웃었다. 새하얀 치아가 드러나면서 까만 얼굴이 온통 하얗게 보였다. 파란의 몸은 크고 동글동글했는데 얼굴 역시 크고 동글동글했다. 굵게 쌍꺼풀이 진 눈을 내리깔면 짙고 가지런하게 올라간 눈썹을 볼 수 있었다.

"수술은 잘 끝났어?"

파란이 바크를 향해 자신과 같은 방에 있던 남자의 소식을 물었다. 하마드인지 하비드인지 하는 사람이었다.

"잘 끝났지."

바크는 파란과 얼굴이 거의 맞닿을 정도로 가까이 있는데도 꼭 먼 거리에 있는 사람에게 하듯 소리쳐 말했다.

"그런데 큰일날 뻔했어. 위장이 카드에 찔려서 긁히고 피가 나고 그랬대. 파란도 그러면 안 돼. 그런 거 함부로 먹으면 절대 안 돼요."

"나 그런 거 안 먹어."

파란은 자기를 뭘로 보냐는 듯 펄쩍 뛰었다.

파란이 말을 하거나 움직일 때마다 티셔츠에 목이 바싹 조였다. 파란의 큰 덩치에 비해 티셔츠가 너무 작았다. 그곳에는 그의 몸을 감당할 만한 크기의 티셔츠가 없다고 했다. 그래서 줄곧 파란은 엄지손가락으로 티셔츠의 목 부분을 당기면서 말을 해야 했다. 파란의 서툰 한국어는 가볍고 유쾌하게 들려왔다. 못 알아들을 말도 없는데 나는 두 사람이 주고받는 말을 이해할 수 없었다. 면회실에서 나올 때까지 참고 있다가 바크에게 물었다.

"카드를 먹다니, 무슨 카드를 먹었다는 거예요?"

"전화카드요."

바크는 태연히 말했다.

"전화카드? 플라스틱 카드요?"

바크는 그렇다고 마지못해 대꾸했다. 그걸 왜 먹느냐고, 아니 어떻게 먹을 수 있느냐고 나는 물었다.

"아 그게, 똥이 안 나와서요."

"똥이요? 똥이 안 나온다고 전화카드를 먹나요?"

나도 모르게 추궁하듯 묻자 바크는 전화카드를 삼킨 게 자신이라도 되는 양 무안해했다.

"그러니까 말이에요."

"관장약을 먹으면 되잖아요."

"먹었는데도 안 나오니까."

"약을 먹었는데 안 나올 리가 있어요?"

내가 아는 한 그랬다. 약으로 안 되는 건 없었다. 오 년 전 난소에 기형종이 있다는 진단을 받고 수술을 했다. 수술 전날 관장을 받아야 했다. 그때 내 몸은 파이프였다. 약의 효능이 얼마나 놀라운지 하나의 거대한 흐름이 몸을 통과하는 경험을 했다. 내 의지로는 그 속도를 늦출 수 없었다. 당시의 생생한 경험이 떠올랐지만 생전 처음 보는 사람을 앞에 두고 그런 말을 할 수는 없었다. 이해는 안 됐지만 일단 받아들이기로 했다.

"같은 방에 있던 사람이 카드를 잘라 삼키면 단단하게 뭉친 걸 잘게 쪼개 나오게 해줄 거라고 그랬다는 거예요. 너무 힘들어하니까."

"그래서 그렇게 했대요?"

바크는 심란해하는 표정으로 고개를 끄덕였다.

"몸속 사진에서 카드 조각들이 찍혔대요."

제거 수술을 하느라 지금 병원에 있다는 것이었다.

나는 혼란에 빠졌다. 내가 어디에 있는 건지, 무슨 이야기를 듣고 있는 건지 알 수 없었다. 내가 얼마나 감당 못할 사람들 속에 있게 된 건지.

나를 기억해서가 아니라 잊어서 오는 우편물들이 있다. 나를 명단에서 빼는 걸 잊은 우편물들이다. 지역 이주민 단체의 책자도 그중 하나였다. 몇 년 전 직장 동료의 권유로 기부를 한 적이 있었다. 설정해둔 자동이체 기간이 지나 더이상 통장에서 기부금이 빠져나가지 않는데도 사업보고서는 연말마다 꼬박꼬박 도착했다.

새해 달력 배포로 전쟁을 치르다시피 하던 연말에 평온함을 가져다준 건 희망퇴직 권유였다. 십오 년간 일해온 영업점이 문을 닫았다. 다수의 창구 업무를 은행 앱이 감당해냈다. 지점은 달랐지만 우리 부부 모두 같은 은행을 다니고 있었다. 두 사람이 버티기는 어렵다고 판단해 내가 사표를 썼다. 둘 다 늦은 나이에 한 결혼이어서 피임을 하지는 않았다. 그렇다고 적극적으로 아기를 갖기 위한 노력을 한 것도 아니었다. 아이를 가질 기회가 이제 생긴 거라고 주변에서 말했고 우리 부부도 그같이 생각했다.

그렇게 전에 없던 시간이 생기자 사업보고서 내용을 꼼꼼하게 읽어보게 되었다. 그중 내 눈길을 끈 것은 보호시설에 수용된 외국인을 면회하는 사업이었다. 보통 '불법 체류자'라고 불리는 사람들이었다. 그런 사람들이 크고 작은 규모의 보호시설에 수용되어 있었다. 내가 사는 경기도 외곽의 신도시에, 정확하게 말한다면 신도시를 포함하는 행정구역 안에도 꽤 큰 보호시설이 있었다. 사업 설명회에 가본 다음 '방문'에 참여해보고 싶다는 메일을 보냈다. 바로 답장을 받지는 못했다. 시간이 지나면서 포기하고 있었는데 답이 왔다. 답장을 보내준 사람이 바크였다.

파란을 만나고 온 날 저녁 나는 이 주 뒤에 다음 방문이 있다는 사실을 당신에게 알렸다.

"거길 또 가겠다고?"

우리는 저녁 식탁에 앉아 있었다.

"단톡방에 초대를 받았어."

나는 말했다. 바크를 중심으로 꾸려진 방문자 톡방이 있었다. 내가 글을 쓰면 메시지 옆에 '13'이라는 숫자가 떴다.

"열세 명이 더 있다는 거네?"

당신의 표정이 애매해졌다. 그게 많은 숫자 같냐고 묻자 당신은 그게 많은 숫잔지 아닌지 어떻게 알겠냐고 했다. 그렇지만 생각했던 것보다는 많은 숫자라고 했다.

"그런데 오늘은 세 명이었어."

바크를 제외하고 방문자는 나와 또다른 한 명뿐이었다. 방문자들에게는 그 어떤 책임이나 규약도 없었다. 그때그때 사정에 따라 올 수도 있고 오지 못할 수도 있었다. 각자의 필요와 열의의 정도에 따라 사정은 달라졌다. 연말, 연초에는 그 사정들이 다양하기도 할 것이고 피치 못한 일이 생기기도 할 것이었다.

"거기다 단톡방에 초대까지 받았으니……"

당신은 나를 빤히 보며 내 얼굴에 드러난 생각을 읽고 있었다.

"한 번은 더 가는 게 맞겠지?"

내가 묻자 당신은 나보다 더 난처한 표정을 지으며 말했다.

"뭐, 서너 번은 더 갈 수도 있겠지."

2

이 주 뒤, 면회실에 앉은 나와 바크는 웃으며 다가오는 파란을 맞았다. 파란은 카드를 삼킨 남자의 회복 상태를 궁금해했고 바크는 이번에도 날카로운 물건을 함부로 삼키면 안 된다는 당부를 했다. 파란은 자신이 그런 짓을 하겠느냐는 듯 이번에도 펄쩍 뛰었지만 바크는 안심하지 못하는 얼굴이었다.

각 방마다 공중전화가 있었다. 휴대폰을 압수하고 친절하게 공중전화를 설치한 건 그들이 하루빨리 이 땅에서 떠날 수 있게 하기 위해서였다. 고향의 가족들에게 연락을 하고 돌아갈 비행기표를 부탁할 사람을 알아보라는 의미이기도 했다. 나라마다 시간대가 다르니까 매번 누군가는 어딘가로 전화중이었다. 따라서 바크는 필요하다고 요청하면 전화카드를 건네줬다. 그런데 하마드인지 하비드인지 하는 남자가 카드를 잘라 삼키는 바람에 전화카드가 위협적인 도구로 변해버렸다. 바크의 신경이 온통 전화카드에 있었다면 파란의 신경 다발을 붙잡고 있는 건 다른 것이었다.

모든 방에 공중전화가 한 대씩 있는 것처럼 화장실도 하나씩 있었다. 파란이 알 수 없는 건 각 방의 크기가 다른데 왜 화장실은 똑같이 하나냐는 것이었다. 큰 방은 열두 명, 작은 방은 여섯 명까지 수용할 수 있었다. 큰 방은 작은 방에 비해 사람도 많고 따라서 화장실을 이용하는 사람도 많았다. 단속이 있을 때는 수용자가 두 배로 늘어났다. 그만큼 더 빨리 지저분해졌다. 파란은 하루에 스무 번도 넘게 청소를 했다.

나는 수화기를 부여잡고 있는 파란의 다섯 손가락 끝을 새삼 바라봤다. 닳아 없어질 것처럼 하얗게 부르트다못해 핏기마저 비치고 있었다. 나도 모르게 손끝을 오므리고는 청소할 도구는 있냐고 물었다. 화장실이라는 공간을 깨끗하게 청소하기 위해서는 생각보다 여러 준비물이 필요했다.

"없어."

파란은 단호하게 말했다.

"세제는?"

"없어."

한 명당 기본으로 주는 게 치약, 칫솔 그리고 비누인데 물에 치약을 풀어서 그걸 세제 대신으로 쓴다고 했다.

"파란을 도와서 청소하는 사람 있다고 하지 않았어?"

바크가 물었다.

"조선족, 중국 사람이 있지. 그런데 그 사람 내일 떠나."

"왜?"

"와이프가 바람피워서 들어왔어."

"와이프가 바람피웠는데 왜 여길 들어왔어?"

바크가 묻자 파란이 설명했다.

중국 남자가 퇴근해서 집에 갔는데 아내가 다른 남자랑 있었다. 화가 난 중국 남자는 남자에게 달려들어 주먹을 휘둘렀고 술병까지 집어들었다. 중국 남자의 아내가 경찰에 신고를 했다. 중국 남자는 구치소로 이송됐다가 강제퇴거명령을 받고 여기까지 온 것이었다.

중국 남자는 마음이 크게 상해서 시설에 갇혀 있는 내내 '나 이혼할 거야. 혼자 살 거야'라고 중얼거렸다. 방안에 있는 공중전화를 붙들고 여기저기 전화를 하더니 비행기푯값을 어떻게 구했는지 스태프에게 티케팅을 해달라고 했다.

"그럼 중국으로 돌아가는 거야?"

바크가 묻자 파란은 고개를 끄덕였다.

"파란 도와줄 사람 이제 없네?"

"없어, 없어."

러시아 사람, 아프리카 사람, 몽골 사람, 마약 하다 들어온 사람, 다른 중국 사람 다 보고만 있다고 했다. 그 말을 하면서 파란은 몹시 억울하다는 표정을 지었는데 정말 억울해하는 게 아니라 억울해하는 척하는 걸로 보였다. 모두가 외면하는 걸 하고 있다는 자부심이 느껴졌다.

"청소하는 직원 따로 없어요?"

내가 물었다.

파란은 있긴 하지만 복도만 닦는다고 했다. 한번은 방을 청소하러 외부에서 사람들이 온 적이 있긴 했다. 커다란 청소기까지 들고서 대여섯 명의 여자들이 우르르 들어왔다. 파란과 같은 방을 쓰는 사람들 모두 옆방으로 이동한 다음 숨죽여 기다렸다. 방이 얼마나 깨끗해질까 기대하면서. 그러나 겨우 십 분이 지난 후 청소하는 사람들은 모두 빠져나갔다.

결과는 매우 실망스러웠다고 파란은 말했다.

"달라진 게 하나도 없었어."

"그러니까 청소 기계며 그 많은 사람들이 해내지 못한 일을 파란이 해내고 있는 거네?"

바크가 묻자 파란은 바로 인정했다.

"맞아."

몇 달 뒤 언젠가 수녀님 두 분이 우리와 함께 면회를 한 적이 있었다. 스스로를 시스터라고 칭하면서 멀리 여수에서 왔다는 키가 크고 강단 있어 보이는 시스터는 파란의 파란 티셔츠를 보고는 꼭 옛날 학교 운동회에서 아이들이 입던 옷 같다고 했다. 목이며 팔에 군청색 시보리가 있는 게 정말 옛날 운동회 때 입던 청군 티셔츠 같다고 나 역시 생각했다. 줄곧 말이 없던 다른 시스터도 청군이네, 라고 작게 말하고는 혼자 씩 웃었다. 순간 모두 따라 웃었고 그들 모두를 웃게 했다는 것에 만족했는지 파란도 활짝 웃었다.

"덥죠?"

시스터 한 분이 물었다.

공기가 텁텁하고 흙먼지가 유독 심했다. 날은 점점 더 후덥지근해지고 있었다.

파란은 아니라고 했다.

괜찮다고 했다.

아직은 지낼 만하다고 했다. 그러고도 안심하지 못하는 시스터들에게 선풍기도 있고 에어컨도 틀어준다고 했다.

"아침은 어떻게 줘요?"

다른 시스터가 물었다.

"빵, 오렌지. 또 뭐더라…… 아이스커피, 그거하고 달걀 두 개. 그렇게 나와."

파란의 표정은 해맑기 그지없었다. 아침도 주는데다가 산책도 할 수 있다고 그는 아주 좋다고 했다.

"호텔 부럽지 않네?"

시스터들의 반응에 그는 흡족해했다. 심지어 잘 먹는 것에 비해 운동량이 부족하면 혈압이 높아질 수도 있다고 걱정하는 시스터들에게 파란은 엄마에게 혼나는 아이처럼 자신의 불룩 나온 배를 슬그머니 만지면서 변명했다.

"내 혈압이 삼백이야. 일반 사람이면 이렇게 멀쩡하지 못할 거래."

"좋은 게 아니야."

줄곧 말이 없던 바크가 끼어들었다.

"언제 쓰러질지 모르는 거잖아. 스트레스 받으면 안 돼."

"스트레스 심하면 화장실에 가면 돼."

파란은 별일 아니라는 듯 말했다.

"화장실에는 왜 가는 건데요?"

시스터가 물었다.

"청소를 해요. 시원하게 물을 뿌리고 깨끗하게 해요. 내가 있는
방 모두 깨끗해져."

자신이 얼마나 청소를 잘하는지, 사람들은 청소할 게 있으면 꼭
자신에게 맡긴다고 했다.

"매니저도 허락했어."

입출국에 관한 사항이며 비자 발급과 같은 법적 절차를 담당하
는 행정사를 매니저라고 불렀다.

"허락받고 청소를 해요?"

시스터가 놀라 물었다.

그때야 나는 파란이 청소하는 걸 지켜봐야만 하는 방안 사람들
과 방밖 사람들을 떠올렸다. 문득 의문이 들었다. 방밖 사람들, 그
러니까 스태프며 반장이며 행정 매니저라는 사람들이 깨끗한 화
장실을 과연 원할까?

스태프들의 입장에서는 파란이 그래서는 안 됐다. 그곳에 있는 게 편하면 안 됐다. 사람들을 출국시키기 위해 존재하는 곳이었다. 있을 만하다고 생각하면 안 됐다. 내 집 삼아 청소하고 쓸고 닦아서도 안 됐다.

"소화는? 소화는 잘돼요?"

바크가 묻자 파란은 말했다.

"소화제는 달라고 하면 잘 줘."

그러고는 덧붙였다.

"진통제도 잘 줘."

"그렇게 진통제 계속 먹는 건 안 좋아."

바크는 계속 잔소리를 했다. 병원에 가서 정확한 진단을 받고 제대로 된 약을 먹어야 한다고 했다.

파란은 괜찮다고 했다. 자신은 크게 신경쓰지 않는다고 했다. 파란이 웃자 파란을 바라보는 시스터들이 웃었다. 시스터들이 웃으니까 파란이 또다시 웃었고 나도 따라 웃었다. 파란이 괜찮다니까 괜찮겠지 했고 더 바랄 게 없다니 더 바랄 게 없겠지 했다. 좁은 면회실 안에 웃음이 피어났고 웃음이 피어나니까 분위기는 화기애애해졌다. 그런데 문득 의문이 들었다. 파란은 다 괜찮고 자기 걱정은 할 게 없다는데 왜 나는 이 먼 곳까지 오는 걸까. 왜 하루를 다 바쳐서 굳이 이곳에 오는 걸까?

'그곳'은 정말 먼 곳이었다. 거리도 거리지만 그곳에 이르는 복잡한 경로도 그랬다. 내가 살고 있는 도시의 행정구역선이 얼마나 멀리까지 뻗어 있는지 나는 간과했다.

버스를 두 번 갈아타고 지하철로 다시 갈아탔다. 그래야 한 시간에 한 대 있는 시외버스를 시간에 맞춰 탈 수 있었다. 그것으로 끝이 아니었다. 버스는 복잡한 시내에서 정류장마다 다 서고 신호등마다 멈춰 선 다음 시내를 벗어나 논밭을 달렸다. 도심에서 완전히 멀어져 외진 길을 한참 가다보면 아파트 단지가 불쑥 나타났다. 여기가 종점이라고 해도 이상하지 않을 정도로 멀리 왔음을 알려주듯 승객들 대부분이 내렸다. 그런 다음에도 버스는 인적 없는 도로를 한참 달렸다. 다 거기가 거기인 특징 없고 인적 없는 길에 팻말 하나만 덩그러니 있는 정류장을 계속해서 지나갔다. 정차 벨을 누르고 난 뒤에도 맨 앞 좌석으로 가서 버스 기사에게 이번 정류장에 내릴 거라고 확인을 해야 했다. 분명 제대로 내렸음에도 제대로 내린 게 아닐지도 모른다는 불안감을 안고 나는 길 위에서 있었다. 매번.

흙먼지를 잔뜩 마시며 구도로를 끼고 돌면 담장이 보였다. 끝도 없이 이어질 것 같은 담장 가를 인내심을 가지고 걷다보면 단층 건물이 눈앞에 나타났다. 구치소를 개조한 이 건물의 입구 간판과 건물에 붙은 간판이 달랐다. 영어 명칭은 또 달라서 실은 뭐가 맞는 건지 아는 사람이 없었다. 그래서인지 몰라도 방문자들은 어떤 명칭으로도 부르지 않았고 꼭 불러야 할 때는 막연하게 그곳이라고 했다. 나 역시 매번 갈 때마다 정말 그런 곳이 있나 하는 의구심이 들곤 했다. 건물 안에 들어선 다음에야 그곳이 내 망상에만 존재하는 게 아니라 실재한다는 사실을 확인했다.

가면 갈수록 길이 눈에 익고 그러면 먼 거리가 더이상 먼 거리가 아니게 된다는데 이상하게 내게 그곳은 갈수록 더 멀게 느껴졌다. 시간이 지나면 다 적응될 거라고 나는 스스로를 달랬다. 그러나 그곳은 점점 더 먼 곳이 됐다.

어떤 방문자는 논문을 준비하느라, 어떤 방문자들은 이주민에 관련된 일을 하고 있어서, 또 어떤 방문자들은 인권센터 활동의 일부로, 각자 저마다의 이유와 필요에 따라 방문에 참여했다. 참석과 불참을 모두 자발적으로 했다. 왜 참석하는지, 왜 불참하는지 사유와 우선순위를 정하는 건 각자의 몫이었다. 따라서 나 역시 매번 참석할지 불참할지를 선택해야 했다. 그런데 불참해야 할 별다른 일이 생기지 않았다. 언제든 와서 일하라던 친구의 카페는 경기가 좋지 않아 있는 직원도 내보내는 형편이었다. 시간제 아르바이트생을 구하는 동네 상점들은 어리고 빠릿빠릿한 이십대를 원했다. 급한 용건이나 약속이 생기지도 않았다. 유일하게 하는 일이라곤 기대와 희망으로 시작한 한 달이 임신 테스트기의 단호한 한 줄로 끝이 나는 걸 확인하는 것뿐이었다. 몸이 아프면 못 가는 거지 했는데 그런 일도 좀처럼 없었다. 아프다가도 방문이 있는 날이면 몸이 말짱해졌다. 항상 알람이 울리기 전에 깨서 늦잠을 자는 바람에 버스를 놓치는 일도 없었다. 한파가 몰려오는 날도 눈이 내리는 날도, 추위가 물러난 뒤 방문자 수가 많아졌을 때에도 나는 그곳엘 가고 있었다. 나는 왜 가는 걸까, 이제 그만 가도 될 것 같은데, 고민에 빠질 지경에 이르렀다.

3

그날은 무슨 다른 일이 있었는지 바크도 나와 같은 광역버스를 탄다고 했다.

정류장에는 전광판이 없었다. 나는 버스 앱을 켰고 이십오 분을 기다려야 버스가 온다는 사실을 바크에게 알렸다. 바크는 깜짝 놀라면서 얼마 안 기다려도 되겠다고 말했다.

"이십오 분만 기다리면 된다는 게 참 안심이 되지 않아요?"

그 시간 동안만 그와 어색하게 서 있으면 된다는 생각에 나는 그러게요, 라고 했다.

"앱이 없을 때는 어떻게 살았을까 싶어요."

"그런 때가 있긴 했나요?"

내가 묻자 바크가 크게 웃었다. 그러고는 무슨 생각이 들었는지 내 얼굴을 빤히 보면서 물었다.

"이렇게 와서 보면 다들 잘 지내는 것처럼 보이지 않아요? 내가 여기 와야 되는 건 싫잖아요."

바크는 내 생각을 읽고 있었다. 생각을 쉽게 읽히는 건 행원으로서 좋은 자질은 아니었다. 일을 할 때 생각을 들키지 않으려고 신경을 곤두세웠던 기억이 떠올랐다. 반발심인지 뭔지 알 수 없었지만 나는 그럴 리가 있겠냐고, 원해서 있는 사람이 어디 있겠냐고 말했다.

그렇죠, 하고 바크는 중얼거리듯 답했다.

"조금만 생각해봐도 말이 안 되는 일이죠. 있고 싶어서 있는 사람이 누가 있겠어요."

나는 동의했지만 완전히 동의하지는 못했다. 그렇게 힘들고 막막하면 여기를 떠나면 될 텐데, 하는 마음이 없지 않았다. 사실 그곳에 들어온 수용자들 대부분은 그렇게 했다. 정리해야 할 걸 정리하고, 정리하지 못해도 이 땅을 떠나갔다.

파란은 떠나는 그 모든 사람들을 지켜봤다. 사람들로 방이 꽉 찼다가 다시 텅 비는 걸 지켜봤고 매니저며 반장이 전출을 왔다가 가는 것도 지켜봤다. 다른 곳으로 전출을 갔다가 돌아온 스태프가 아직도 파란이 있는 걸 보고 깜짝 놀라 파란, 아직도 있어? 하고 물었다. 파란이 그곳에 얼마나 있었는지 서류상 기록을 보지 않으면 아무도 모를 지경에 이르렀다. 파란 자신도 정확한 햇수를 세는 데 자신 없어했다. 눈빛이 흐려지면서 내가 여기 얼마나 있었지? 하고 우리에게 묻는 날도 있었다. 그 모습을 보고 있으면 나는 살짝 겁이 났다.

은행 영업이 시작되면 셔터가 올라가는 소리와 함께 다급한 발소리, 번호표 뽑는 소리가 들려왔다. 고객이 내 앞에 오기 전까지 나는 어떤 업무를 보게 될지 알 수 없었다. 그러나 그들이 얼마나 기다렸는지는 알 수 있었다. 내 모니터에 띄워진 작은 창에는 호출이 몇 번까지 됐는지, 각각의 고객이 몇 분째 기다리는지 떴다. 대기시간을 이십 분 넘긴 고객이 있으면 모니터 창이 빨갛게 변하면서 깜빡거렸다. 깜빡거리는 창을 보고 있으면 마음이 조급해졌다. 눈가에도 근육통이 왔다.

어떤 날의 파란은 아직도 경찰 검문을 받기 전 정류장에 서 있는 얼굴이었다. 자신을 집으로 데려다줄 버스를 기다리며 낮과 밤을 보내고 여름과 겨울을 견뎠다. 해를 넘기고 또 넘기면서 오직 기다림 하나로 이십대의 마지막을 보내고 삼십대를 맞았다. 이십 분을 기다린 고객이 한 명만 있어도 긴장하던 때를 떠올리면 지금의 내게 파란은 비현실적인 존재였다. 아직도 남아서 자신을 집으로 데려다줄 버스를 기다리고 있는 파란. 그러니까 자꾸 까먹게 되었다. 말도 안 되는 상황인데, 그런데도 파란이 웃으니까 괜찮겠지 생각했고 괜찮다고 말하니까 버틸 만한 거겠지 싶었다.

"동생이 있어요. 저랑 세 살 터울인데."

바크가 말했다.

"형제라고는 그애하고 저 둘뿐인데 가까웠던 적이 없는 것 같아요."

바크가 열다섯 살 때 오랜 병을 앓던 엄마가 세상을 떠났다고 했다.

나는 여전히 도로 쪽으로 시선을 둔 채 속으로 말했다. 나돈데. 열다섯, 그 나이에 엄마를 잃은 아이들은 안다. 세상에 내 집은 없다.

"남동생은 열다섯 살이 되자 계속 집을 나갔어요. 처음엔 하룻밤이었는데 그다음에는 사흘 동안 들어오지 않는 거예요."

일주일간 오지 않기도 했다. 어떻게든 찾아서 데려오면 또 집을 나갔다. 오토바이 사고로 경찰에서 연락이 온 적도 있다고 했다. 그때 바크가 보기에 동생은 집을 나가지 못해 안달이 난 것 같았다. 성인이 되더니 조금씩 엇나갔던 것들을 바로잡고 안정을 찾았다.

"지금은 제 몫을 하면서 잘 살아요. 일 년에 두 번 명절 때나 본가에서 보는데 한번은 마주앉아 술을 마시면서 이런저런 얘기를 하게 된 거예요. 왜 그랬는지 모르겠지만. 거의 십 년 만에. 늦게까지 얘기를 하다 동생이 그러더라고요. 집을 나가 있는 동안 한번도 생각하지 않은 적이 없었다고."

무슨 생각이었냐고 묻자 바크는 당연하다는 듯 집에 돌아가고 싶다는 생각이었다고 했다.

"그런 시가 있대요. 누구도 집을 떠나지 않는다."

그가 한쪽 손을 다른 손으로 가만히 쥐면서 말했다.

"그런 시가 있나요?"

"집이 상어의 아가리 속이 아니라면 누구도 집을 떠나지 않는다."

앱을 통해 버스가 곧 도착한다는 알림이 떴다. 나는 버스가 오는 쪽을 바라봤다.

4

파란은 여름을 지나면서 얼굴이 나빠졌다. 잠을 자기 어렵다고 했다.

바크는 두통이 심해져 잠을 못 자는 거라고, 불면증도 생기는 거라고 아이 달래듯 말했다.

"여기서 잘 지내고 있다고 사람들이 생각하게 하면 안 돼."

아프면 아프다고, 힘들면 힘들다고 말해야 한다고 했다. 그래야 파란이 여기 있는 게 얼마나 힘든지 사람들이 아는 거라고 했다. 내가 이만큼 아프다는 걸 알려야 한다고 했다.

보호일시해제라는 절차가 있었다. '보호 상태'를 잠시 해제하는 제도였다. 당장 이 땅을 떠날 수 없는 사람들에게 시간을 벌어주는 행위였다. 그들은 이 나라에 관광을 온 게 아니었다. 떠나겠다고 마음먹는다고 바로 짐을 챙겨 훌쩍 가버릴 수 있는 상황이 아니었다. 밀린 임금도 받아야 했고 관계했던 사람들과 빚 청산도 해야 했고 살던 집 정리도 해야 했다. 어디로 갈지, 어떻게 갈지도 고민해봐야 했다. 그러니까 필요한 일을 처리하는 데 시간을 벌어준다는 의미였다. 갈 곳 없는 수용자들에게는 그곳에서 나갈 수 있는 유일한 방법이었다. 파란 역시 신청서를 냈다. 그러나 한 번 거부를 당한 뒤 시도해볼 엄두를 내지 못했다.

"보고 싶은 사람 없어요?"

바크는 먼젓번에도 했고 그 먼젓번에도 했던 질문을 했다.

"없어."

"아니 잘 생각해봐. 왜 보고 싶은 사람이 없겠어?"

"우리 아빠."

파란은 하얀 치아를 보이며 활짝 웃었다. 그러나 그건 좋은 답이 아니었다.

뭐야, 하며 바크는 인상을 썼다.

파란의 부모는 종교적인 이유로 위협을 받았다. 반대 세력들을 피해서 도망치던 부모는 교통사고로 사망했다. 홀로 남은 파란을 아버지의 친구가 키워주었다. 파란이 성인이 되자마자 다시 반대 세력들의 위협이 시작되었다. 아버지의 친구들은 파란을 피신시키기 위해 십시일반 돈을 모았다. 파란이 그때 가고 싶다고 선택한 나라가 여기, 코리아였다.

"파란 아빠 돌아가셨잖아."

"무덤에 가보고 싶어."

"그렇게 보고 싶은 사람이 없는 거야? 여자친구 없어? 있었잖아, 여자친구."

"그거 다 옛날 얘기예요. 지금은 얼굴도 생각 안 나."

"밖에 나가게 되면 보고 싶은 사람 정말 없어?"

파란은 대답이 없었다.

"파란은 기술 많이 배웠잖아."

바크는 파란을 달래듯 말했다. 그 기술이라는 건 파란이 불심검문을 받기 직전까지 이 나라에서 일하면서 배우고 익힌 것들을 의미했다.

"그래서 뭐든 잘할 수 있지. 그렇지 파란?"

"그래."

혈색이 조금 밝아진 파란은 수줍게 인정했다.

"파란은 떡도 잘 만들어."

"그래."

"파란은 사출도 잘해."

"그래."

"어디 가든 잘 살 자신 있어. 그렇죠, 파란?"

"그래도 병원에는 가고 싶지 않아."

파란은 바크의 눈을 똑바로 바라보며 말했다. 병원에 갈 때 경찰복을 입은 사람들이 앞뒤로 붙는다고 했다. 병원에 있는 사람들 모두 숨도 안 쉬고 파란만 바라본다고 했다.

"나 보, 호, 외, 국, 인, 이라고 커다랗게 적힌 티셔츠를 입고 있잖아. 나 수갑 차고 있잖아. 그걸 다 보고 있잖아. 나도 똑같은 사람인데, 나도 빨간 피 나는 사람인데, 의사가 나 사람 아닌 것처럼 눈 맞추질 않아."

파란은 말을 쏟아내더니 한동안 말없이 투명한 벽 너머로 우리를 바라봤다. 그래서 우리도 파란을 바라보기만 했다. 그곳을 오가면서 나도 알게 된 것들이 있었다.

기상과 취침 사이에 점호, 청소, 식사가 일과의 전부다. 면회, 운동, 진료가 아니면 이동할 수 없다. 너무 오래 그런 채로 있으니까, 밖에 나가지도 못하니까, 조금씩 미쳐가기도 할 것이다. 아픈 것도 당연했다. 일 년이 지나도록 제대로 변을 보지 못할 수도 있다. 뱃속에 가스가 가득찬다. 그 고통은 말로 다 할 수 없다. 그래서 뭐든 날카로운 걸 삼켜보라는 말에 전화카드를 삼킨 남자, 그의 이름은 하마드도 하비드도 아닌 사마드였다. 사마드는 정말 그 말을 믿어서 날카롭게 잘린 카드를 삼킨 건 아닐 것이었다. 그곳을 벗어날 수 있다면 뭐든 했을 것이다. 바크는 자신이 파란에게 어떤 희망의 말을 한다면 그 말이 잘린 카드가 될 것임을 알았다. 아니, 절망에 빠진 파란은 이미 카드를 삼킨 얼굴이었다. 파란은 수화기를 들지 않은 손으로 짧게 깎은 머리카락을 쓸어올렸다가

쓸어내렸다. 유일하게 할 수 있는 게 그것뿐이라는 듯 같은 동작
을 반복하다 마침내 입을 열었다.

"세상에 나의 가족은 나야."

바크도, 나도 그가 무슨 말을 하는지 알지 못했다.

"가족은 나 하나뿐이야."

"그래."

"나 말고 가족 만들고 싶어."

이번에 바크는 그래, 하고 말하지 못했다. 파란이 그렇게 듣고
싶어하는 말이었을 텐데 바크는 대답하지 못했다.

"빨리 나가고 싶어."

이번에도 대답할 수 없었다.

"빨리 일하고 싶고 빨리 돈 모아서 결혼하고 싶어. 나도 가족 만
들고 싶어."

파란에게 들었어야 할 그 당연한 말을 반년 만에 처음으로 듣게
된 날이었다.

5

다음 방문 때 바크는 언제나처럼 파란에게 잘 지냈는지 물었고
파란은 큰 눈을 깜빡이면서 그래, 하고 대답했다. 대답은 했지만

표정은 어두웠다.

바크는 무슨 일이 있는지 물었다.

파란은 난감한 얼굴로 13반 아니고 14반이 됐다고 했다. 같은 방에 있던 사람들까지 몽땅 다 13반에서 14반으로 옮겨갔다고 했다. 왜 자꾸 방을 옮기는지 모르겠다고 말하면서 파란의 얼굴은 더 어두워졌다.

파란은 작은 변화에도 어려움과 두려움을 느꼈다. 방을 옮긴다는 건 그에게 견디기 힘든 큰 변화였다.

어릴 적 파란은 자리에 집착했었다. 네 명이 한 테이블에 앉는다고 하면 창가 자리인지 아닌지, 자신의 위치에서 전체 공간이 보이는지, 입구로 들어오는 사람을 확인할 수 있는지 없는지를 따졌다. 원한 자리에 앉아놓고 다시 자리를 바꾸자고 해서 사람들을 괴롭혔다. 그래서 모두 파란에게 물었다.

'나는 어디 앉으면 될까?'

처음 그곳에 들어왔을 때 파란의 자리는 화장실 바로 옆이었다. 그런 곳은 잠도 찾아오길 꺼린다. 그러나 꼼짝할 수 없었다. 이십 평 남짓한 공간에서 열두 명이나 때로는 그 이상 되는 사람들이 이십사 시간을 보내는 것은 작은 수조에 물고기들이 가득차 있는 것과 같았다. 숨쉴 산소가 부족했다. 파란의 코끝에서 화장실 냄새가 사라지지 않게 된 건 그때부터였다. 파란은 옮긴 방에서 화장실을 두 시간이나 닦았다고 했다. 아직까지 닦고 있고, 언제까

지나 닦고 있다고 했다.

"그래서 계속 파란을 다른 방으로 보내는 거야. 파란이 청소 너무 잘하니까."

바크는 무슨 생각이 들었는지 갑자기 미소를 지었다.

"파란 때문에 방이 다 깨끗해졌잖아. 그럼 다음 방으로 파란을 옮기는 거지. 파란을 옮기기 위해서 모든 사람들이 다 방을 옮기는 거야."

바크는 그와 같은 결론에 이르렀다.

"그렇게 모든 방들이 다 깨끗해지면 또 처음 방이 지저분해질 거 아냐?"

파란이 있는 방마다 깨끗해지니까 방을 깨끗하게 하려고, 그럴 수 있는 사람이 오직 파란뿐이라서 파란을 서너 달에 한 번씩 이 방에서 저 방으로 옮기는 것이었다. 그뿐 아니라 파란 한 사람을 옮기기 위해서 모든 수용자들이 방을 옮기고 있었다.

바크가 그렇게 깨우쳐주고 나서야 파란은 안도했다. 자기 잘못을 알았다.

"그럼 모든 게 나 때문에……"

파란은 반성했고 또 만족했다. 파란의 굽었던 어깨가 펴졌다. 이번만은 바크도 웃었다. 그 누구도 찾을 수 없었고 찾으려고도 하지 않은 쓸모를, 쓸모에 대한 권리를 파란은 기어코 찾아내고야 말았다.

아나스

1

　그 일의 확실한 시작은 중학교 2학년 때였다. 우리 반 영어는 젊은 여자 선생이었다. 이 주에 한 번, 교과서 본문을 외워오게 한 다음 학생들을 지목해 외우게 했다. 그만, 이라고 할 때까지 본문 문장을 말해야 했다. 조금이라도 막히면 영어는 바로 따귀를 올려붙였다.

　그녀는 타격의 강도를 최대한 끌어올리기 위해 몸을 불린 게 아닐까 싶게 상체와 하체 모두 두껍고 굳세 보였다. 열다섯 살 아이를 향해 날아오는 손목의 스냅만은 유연했다. 위협적으로 날아온 손이 아이들의 뺨에 달라붙는 찰싹찰싹 소리를 수업시간 내내 들는 날도 있었다. 중간고사와 기말고사가 끝난 다음이었다. 틀린 개수만큼 따귀를 맞았다. 1번부터 번호순으로 한 명도 빠지지 않고 다 불려나갔다. 영어가 우리 반만 들어오는 것도 아니었다. 2학년 세 반, 3학년 세 반 총 여섯 반에 들어가 아이들의 따귀를 공평하게 일일이 때리는 게 얼마나 수고로운 일이었을까. 지금에 와서 생각하면 놀랍다 싶지만 당시에는 맞는 처지에 때릴 사람의 수고로움까지 걱정할 여력은 없었다. 나 혼자가 아니라 여러 명이 맞으면 수치심이 덜하지 않을까 했지만 그렇지 않았다. 다 같이 맞는다고 해서 수치심이 줄어든다거나 연대감이 생긴다거나 하는 일은 없었다. 아이들끼리 눈이 마주치면 수치심은 배가됐다. 서로는 서로가 맞았다는 걸 확실하게 기억하고 있었으니까. 그게 무척이나 사람을 외롭게 했다. 외로워지지 않기 위해 죽기 살기로 영어 문장을 외웠다. 영어 수업이 있는 날이면 아침부터 본문을 외우는 소리로 시끌시끌했다. 불안하고 다급하게 울리는 문장들이 겹치고 겹쳐 교실 전체를 진동시켰다. 그런데도 영어 앞에 서면 몸이 얼어붙었다. 그때의 기억을 갑자기 떠올리게 된 건 방문자고와 나란히 앉아 우리 앞에 나타날 아나스를 기다릴 때였다.

아나스는 축구선수 지단을 닮았다. 다른 누구도 아닌 아나스 스스로 한 말이었다.

아나스는 파란처럼 나이지리아에서 왔다. 기독교도와 이슬람교도 간의 유혈 충돌이 벌어져온 게 한두 해가 아니었다. 수십 년 동안 분쟁은 계속됐다. 종교 분쟁이 종족 분쟁과 맞물려 복잡다단한 상황에 이르기에 충분한 시간이었다. 그런 이유로 아나스도 파란과 마찬가지로 고향을 떠날 수밖에 없었다. 아나스는 파란과 나이도 비슷했다. 파란이 마흔이라고 해도 믿을 서른둘이라면 아나스는 스무 살이라고 해도 이상하지 않을 서른이었다. 머리가 벗어질 조짐이 조금도 없었다. 아니, 미소년에 가까웠다. 그러니까 아나스가 떠올린 지단은 그라운드 곳곳을 지치지 않고 누비는 골 메이커로서의 모습이었다.

아나스는 자신이 태어나기 전에 누나가 있었다고 했다. 아나스가 태어났을 때 누나는 죽었다.

"그럼 외동인 거네?"

"조금이라도 다칠까봐 엄마가 축구도 못하게 했어."

"완전 도련님이었네."

고는 여기서 아나스가 버텨야 할 시간을 걱정했는데 막상 아나스는 해맑게 웃으며 말했다.

"그래도 지금은 축구를 할 수 있잖아."

아나스는 삼 개월 비자로 들어와서 수원의 한 택배 회사에 취업한 첫날 체포됐기 때문에 파란과 달리 한국말은 전혀 하지 못했다. 고는 나를 데리고 아나스를 만나러 면회실로 향하면서 그 사실을 알려주었다. 그럼 어떻게 대화를 하느냐고 물으니까 영어로

대화를 한다고 했다. 그 순간 눈앞이 하얘지면서 목구멍이 조여져
왔다.

얼굴만 알고 말을 섞어보기는 처음인 고에게 나는 고백했다. 영
어로 대화하는 일이 내게는 쉽지 않음을. 고는 자신도 마찬가지라
고 했다. 실은 영어를 배워보겠다고 동네 영어학원을 다니다 바크
를 만났다고 했다.

바크가 먼저 다가와 자신이 이런 일을 하는데 한국어를 할 줄
모르는 수용자들을 위해 통역을 해주면 좋겠다고 했다. 그녀는 개
인적인 어떤 이유로 자신도 누군가를 도울 일이 있으면 좋겠다는
생각을 하던 차였고 그래서 그의 부탁을 단번에 거절하지 못했다.
문제는 자신이 통역이 가능할 정도로 영어 회화에 능통한가였다.
바크는 그 정도면 충분하다고, 훌륭하시다고 했다. 언어가 다 그
렇듯이 계속 말을 해봐야 느는 거 아니겠냐고 했다. 기왕 배운 거
의미 있는 일에 써먹으면 좋지 않겠느냐고 말이다.

고는 그렇게 방문을 시작했고 아나스도 만나게 됐다.

아나스의 나라는 이백오십 개가 넘는 민족이 살고 오백 개가 넘
는 언어가 쓰이는 다민족국가였다. 공용어는 영어였다. 미국식 영
어는 아니고 토속 발음이 섞인 영어라 고 역시 처음에는 제대로
알아듣지 못했다.

방문을 거듭하면서 서서히 알아듣게 된 거라고, 나 역시 그렇게
될 거라고 했다. 그러나 나는 고와 아나스가 대화를 하는 동안 둘

을 번갈아 보면서 웃기만 하다가, 입도 뻥끗 못하고 앉아만 있다 일어섰다. 나도 내가 그럴 줄은 몰랐다.

2

다음 방문 때도 나는 고를 따라 아나스를 만났다. 그날 우리가 들어간 면회실에는 스피커폰이 없었다. 고와 아나스는 인터폰으로 통화했다. 고는 친절하게도 아나스와 대화한 다음 내게 그 말을 전했고 내가 묻고 싶은 말을 아나스에게 전했다. 나는 어정쩡한 표정으로 고를 봤다가 아나스를 봤다가 했다. 두번째라 그랬는지 몰라도 수화기 너머로 들리는 아나스의 말을 조금은 알아들었다. 그래봤자 내 입은 여전히 굳어 있었다.

아나스는 텔레비전에서 맨날 야구 중계만 나온다고 했다.

"야구는 안 좋아해?"라고 내가 묻자 아나스는 깊게 한숨을 쉬었다.

"미안."

아나스는 축구 경기 중계는 빼놓지 않고 봤고 재방송되는 같은 경기도 수십 번은 봤다고 했다.

아나스가 보고 싶다고 다 볼 수 있는 건 아니었다. 리모컨은 힘 있고 목소리 큰 사람 손에 있었고 아나스에게까지 오는 일은 없었다. 수용자들 사이에서 가장 문제가 되는 건 영화 채널이었다.

"그게 왜?"

"자기 나라 말이 들릴 때가 있으니까. 그때는 누가 채널을 돌리면 눈에 불꽃이 튀어."

자꾸 다툼이 생기자 모든 방의 방송 채널이 반으로 줄었다. 아나스가 볼 수 있었던 축구 방송도 반으로 줄었다.

"사람들이 정말 조용해졌어."

"그럼 아나스는 뭐해?"

"책을 읽지."

방을 떠나면서 사람들이 놓고 간 책들이 제법 쌓여 있었다. 스태프들은 그걸 한데 모아두었다. 책장에 꽂힌 책들 중에서 영어로된 책은 다 아나스의 손을 거쳤다. 봤던 축구 경기를 보고 또 보고 스무 번도 넘게 봤던 것처럼 읽은 걸 읽고 또 읽었다. 아나스가 좋아하는 건 정치 스릴러 소설이었다. 특히 스티브 베리와 잭 히긴스를 좋아했다. 문장 하나하나를 외울 정도였다. 절망적이고 외롭고 혼자인 사람에게 무섭게 다가오는 책의 속도를 나 역시 알고있었다.

엄마가 땅에 묻히고 났을 때 나는 닫힌 방에 갇혔다. 바깥세상은 웃음소리로 가득했다. 방안에 갇혀서도 그 경쾌한 진동이 낱낱이 느껴졌다. 영어만 내 따귀를 때린 건 아니었다. 세상이 행복으로 무장하고 나를 공격해왔다. 누구의 간섭도 받지 않고 온전하게 숨을 쉴 수 있게 해준 유일한 안식처가 책이었다. 밝고 아름다운 내용으로 가득한 책이라 해도 그걸 누르는 슬픔의 힘 또한 존재했다. 행복하라고 강요하지 않았다. 아나스를 면회하고 돌아오던 시외버스에서 나는 결심했다. 그래, 영어 공부를 하자.

"왜 생각이 그렇게 튀는 건데?"
내 결심에 당신은 어이없어했다.
"말이 하고 싶어서."
"말은 지금도 하잖아?"
"제대로 잘하고 싶어서."
나는 영어에 자신감이 생기면 다른 일에도 자신감이 생기지 않겠느냐고 했다.
당신은 나를 다시 빤히 봤다. 아무래도 모르겠다는 얼굴이었다. 당신은 내 생각에 동의하는 것 같지는 않았지만 내가 지금까지 했던 소비 중 가장 생산적이라는 건 인정했다. 일대일로 하는 회화가 가장 효과적이라고 했고 금액이 만만치 않을 거라는 실질적인 충고도 잊지 않았다.
나는 원어민 선생과 일대일 대화가 가능하다는 영어 회화 학원을 알아봤고 리뷰가 많고 홈페이지도 그럴싸하게 꾸며놓은 두 군데를 골라 상담 예약을 했다.
처음 상담을 간 곳에서는 자리에 앉기도 전에 수업료부터 알려왔다.

"한 시간에 십이만원이에요."

비싸지 않네, 라고 생각했다.

수완이 좋아 보이는 상담 매니저는 석 달, 그러니까 이십사 회를 한 번에 결제하면 할인을 해주고 또 특별 혜택 기간이라 사실상 한 달을 공짜로 다니는 거나 다름없다고 했다. 은행 영업점에서 일했어도 누구보다 실적이 좋았겠다는 생각이 들었다. 은행 업무에서 필요한 건 자격증이나 영어 점수가 아닌 카드, 보험, 펀드를 파는 능력이었으니까. 두번째로 예약한 학원까지 가보지 않아도 되겠다 싶을 만큼 혹한 나는 상담 매니저에게 카드를 내밀었다. 한데 석 달 학원비가 내 예상을 훨씬 뛰어넘었다. 내가 당황하자 그녀는 얼굴이 굳어졌다. 이게 업계의 금액이라고 했다. 이 동네 어디를 가도 그 이하로는 어려울 거라고 했다. 자신이 말하지 않았느냐고 했다. 그러게 말이다. 왜 나는 놀라는가?

알고 보니 말 그대로 '한 시간' 수업료가 십이만원이라는 뜻이었고 나는 그걸 일주일에 한 시간씩 한 달에 십이만원으로 알아들은 것이었다. 영어의 높은 벽을 새삼 실감했다. 그녀는 삼 개월만 수업을 들으면 누구와도 영어로 대화할 수 있다고 자신했다.

따지고 보면 놀라운 금액도 아니었다. 입시학원을 다니면서 치렀던 학원비를 생각하면 아무것도 아니었다. 그러나 그 정도 금액을 투자할 가치가 지금 내게 있을까. 수입은 줄고 지출은 더 늘

기만 할 텐데. 영어 회화 실력을 얼마나 써먹을 수 있을까. 그러나
예측을 불허하는 일들은 끊임없이 일어나고 있었다. 희망퇴직도,
그곳을 꼬박꼬박 방문하게 된 것도 다 예상 못한 일이었다. 이 나
라가 세계 속에서 처한 형편까지 냉정하게 보면 모국어 하나만 달
랑 한다는 건 배짱 좋은 짓이었다. 적어도 영어는 할 줄 알아야 낯
선 땅에 뚝 떨어지게 된다 해도 살아남을 수 있었다. 하다못해 여
행을 가서라도 좀 수월해지겠지. 나는 육 개월 할부를 부탁했다.
그녀는 카드를 긁었다. 새빨간 립스틱 한 줄이 묻은 대문니까지
보여주며 활짝 웃었다.

3

　날은 덥고 습했다. 언제 비가 쏟아져도 이상하지 않았다. 사람
들의 말소리며, 귀뚜라미 소리조차 끈적하게 들렸다. 숨을 쉬는
일 자체가 노동으로 느껴졌다. 바크는 방문자 고가 부득이한 사
정으로 오지 못하게 됐다면서 내가 아나스를 면회하면 좋겠다고
했다.
　늘 그곳에 갈지 말지를 고민했고 오늘이 마지막일지도 모른다
생각해왔으면서도 나는 바크에게 신임을 받은 것 같아 기뻤다. 이
제 누구의 대타 정도는 뛸 때가 되지 않았나 싶었고 그 정도 임무

는 받을 때도 됐지 싶었다. 나는 하겠다고 했다. 자신은 없지만 해보겠다고 했다. 그런데 아직 영어에 자신이 없는데 어떡하냐니까 바크는 아나스도 요즘 한국어 공부를 열심히 하고 있다고 했다. 간단한 소통은 될 거라고 했다.

고백하자면, 나의 회화 실력은 나날이 늘고 있었다. 내 회화 선생인 에밀리의 말에 의하면 그랬다. 에밀리는 삼십대 초반의 상냥한 한국 여자였다. 에밀리는 목소리가 청명하고 톤도 높았다. 칭찬 또한 아끼지 않았다. 특히 숙어의 활용 능력을 칭찬했다. 문법을 정확하게 이해하고 있다며 감탄했다. 사실 중학교 때 몸으로 각인한 것을 잊지 않았을 뿐이었다.

영어의 행동은 명백히 상식을 넘어선 것이었고 항의하는 학부모들이 없는 건 아니었다. 교장도 영어를 불러 주의를 주었다. 그런데도 영어는 변화가 없었다. 아니, 변화를 줄 만큼 교장이나 학교 측에서 제재를 가하지 않았다. 왜 가만히 두고만 봤을까 생각하면 불가사의했는데 거기에는 묘한 지점이 있었다.

그녀가 가르치는 반은 다른 영어 선생이 가르치는 반보다 평균 성적이 십 점 가까이 높았다. 나의 영어 성적 역시 나쁘지 않았다. 늘 평균 이상이었다. 독해 능력은 만점에 가까웠다. 여행지에서 현지인과 영어로 대화할 땐 어려움을 겪었지만 살면서 딱히 문제가 되지는 않았다.

내게 필요한 건 일상 속 평범한 대화였다. 에밀리는 그에 맞는 구문을 연습시켰다. 마침내 실전의 날이 왔다. 나는 그곳에 가는 내내 머릿속으로 영작을 하고 단어를 연습했다. 고가 오지 못했다, 그래서 내가 왔다, 오늘은 나 혼자다. 마침내 아나스가 내 앞에 나타났다. 익숙한 고의 얼굴이 보이지 않자 아나스의 얼굴에서 미소가 사라졌다. 마주앉기 전부터 나는 당황했다. 머릿속이 새하얘졌다. 간신히 그를 향해 말을 하긴 했다. 한국어로.

"잘 지냈어요?"

아나스는 바로 대답하지 못했다. 하고 싶은 말이 있는데 입에서 나오지 않는 얼굴이었다.

"아, 무슨 하고 싶은 말 있어요?"

지금까지 내가 알고 있던 아나스였다면 이 상황도 웃으면서 유연하게 받아들였겠지만 나와 둘만 있는 순간의 아나스는 달랐다.

"하고 싶은 말……"

아나스는 내가 한 말을 발음대로 따라 할 뿐 눈빛에는 아무것도 담겨 있지 않았다. 그는 주눅이 든 아이처럼 고개를 숙였다.

나 역시 말문이 막혔고, 준비한 말조차 떠오르지 않으니 하고 싶은 말도 없었다.

가볍게 스몰 토크로 대화를 시작해보는 것은 어떨까요? 안부를 물어볼 수도 있고 가장 흔하게는 날씨 이야기를 할 수도 있죠. 요즘 날씨 참 좋습니다. 나이스 웨더. 날씨가 안 좋습니다. 테러블 웨더.

아나스가 나와 날씨 이야기를 하고 싶을까? 그럴 리가.

칭찬을 건네면서 대화를 유도하는 것도 굉장히 효과적이에요! 모자가 예뻐요, 머리 스타일이 멋지네요, 옷이 잘 어울려요.

이곳에서 버티기 위해 점점 짧아지는 머리를 칭찬할 수 없었다. 모두가 똑같이 입고 있는 파란색 티셔츠를 칭찬할 수도 없었다. 내가 할말을 찾는 사이 침묵은 더 깊어지고 있었다. 나는 아나스가 대답할 만한 걸 마침내 떠올렸다. 아나스의 눈을 바라보며 말했다. 너희 나라 작가의 소설책을 찾아서 읽고 있어. 드디어 영어로 말했다.

아나스는 내가 발음한 '치누아 아체베'를 다행히 알아들었다. 그가 고개를 끄덕였다. 그러나 표정은 여전히 굳은 상태였다.

언젠가 방문자들 중 한 사람이 아나스가 곧 생일을 맞는다는 걸 알고 선물로 아나스의 나라 노래를 불러줬다. 국민가요라고 했다. 준비한 종이를 꺼내들고 노래하는 그를 아나스는 똑바로 보지 못했다. 얼굴은 점점 더 흙빛으로 변했다. 너희 나라로 돌아가라, 라는 뜻으로 들렸던 걸까. 아니면 과거의 어두운 기억이 떠올랐던 걸까.

아나스는 나만큼이나 표정을 숨기지 못하는 성격이었다.

나는 입을 다물었다.

아나스도 입을 다물었다.

대화를 이어나갈 힘을 나도, 그도 잃어버렸다. 나는 내 입에서 나오는 말이 두려웠고 아나스도 자신의 입에서 나오는 말을 두려워했다. 그러는 사이 시간은 흘러갔다. 아나스의 눈에서 빛이 완전히 사라졌다. 그 얼굴이 아나스 같지 않게 낯설면서 한편 낯익기도 했다. 분명 어딘가에서 봤던 얼굴이었다. '불법 체류자'의 겁먹은 얼굴, 머릿속에서만 익숙한 '외국인 노동자'의 얼굴.

나는 일어서기 전 하고 싶은 말이 있는지 물었다. 아나스는 "없어"라고 말했다. 분명하고도 단호한 한국어로.

세상에 누가 그런 말을 했을까. 우리는 사랑을 하기 위해서 언어를 배우는 거라고.

4

"아나스, 한국어 배우고 있는 거 맞아요?"

내 물음에 바크는 매주 수요일 한국어 교실이 문을 연다고 했다.

"개인적으로 공부를 하는 수용자도 꽤 돼요."

다른 방문자가 말했다. 한국어 교실에 수용자들이 많이 몰려서 그렇다고 했다.

"꽤나 인간적인 일이네요."

내 말에 다른 누군가가 그게 왜 인간적인 일이냐고 물었다.

그들이 풀려나 여기 이 나라에서 살게 될 때를 생각해 수업을 하는 게 아니냐고 나는 되물었다. 그러니까 한국어를 배운다는 것은 그들의 미래를 생각한다는 것이고 그래서 한국어는 그들에게 희망의 언어가 아니겠냐고 말이다.

"솔직히 그건 모르겠는데."

다른 방문자는 내가 너무 안일하고 낭만적으로 생각한다는 얼굴이었다. 보호해제를 받고 나간 외국인이 거의 없는데 정말 그곳의 스태프들이 그런 생각으로 한국어 교실을 열었을 것 같지 않다고 했다. 그렇게 말하고도 내가 이해를 못할까봐 염려가 됐는지 덧붙여 말했다.

"분쟁, 학살, 난민, 이런 검색어가 나란히 뜨는 소수민족이 있어요. 이들이 이 나라 저 나라로 난민이 돼서 갔거든요. 근데 주변 나라들이 자기네 언어를 가르치길 반대한 거예요. 나라는 달라도 조상의 조상이 같은 혈통이라 생김새가 같았거든요."

"그게 반대한 이유라고요?"

"언어를 모르면 자기 나라 사람이 아닌 걸 알 수 있는데 언어를 할 줄 알면 티가 안 나거든요. 그럼 어디든 가서 살 수 있고 결국 자기들과 밥그릇 경쟁을 하게 될 테니까."

"그 사람들의 아이들은 어떤 언어를 배우나요?"

"그 나라 언어는 못 배우게 하고 그렇다고 언제 돌아갈지 모를 고향의 언어를 가르칠 수도 없으니, 이러지도 저러지도 못하는 거죠."

"그럼 왜 한국어 교실을 열어요?"

나는 굴하지 않고 물었다.

"영어를 할 줄 아는 스태프 없으니까 의사소통 정도는 할 수 있게 한국어를 배우게 하는 거 아닐까요?"

"직원들이 영어를 못해요?"

"그러니까…… 이상하죠?"

매니저들을 제외하고, 반장을 비롯해 다른 직원들은 통역을 제대로 할 수 있는 사람이 없는 걸로 안다고 했다. 영어가 되는 직원을 배치하는 게 어려운 일은 아닐 것이었다.

"그럼 일부러?"

"의심의 여지가 있긴 하죠. 소통이 되면 피곤하기만 할 테니까."

잠깐 있다가 가는 수용자들은 아무래도 상관없지만 아나스나 파란처럼 오래 머물게 되는 경우엔 한국어를 배우려고 한다고 했다.

"스태프나 반장과 대화를 하긴 해야 하니까."

내 앞에서 주눅이 든 아나스가 떠올랐다. 면회하는 내내 나를 혼란에 빠지게 했던 의문에 대한 답도 함께 떠올랐다. 그는 내가 싫었던 게 아니라 한국어로 질문하는 내가 두려웠던 것이다. 나는 아나스에게 그런 사람이 됐다. 아나스가 하는 말을 이해하지 못하고 이해하려고도 하지 않는 사람, 자신의 말만 하는 사람, 말을 알

아듣지 못한다고 화를 내는 사람, 내가 절대 되지 않겠다고 생각
한 사람, 영어 같은 사람.

5

띵.

에밀리는 말한다.

더 띵 이즈, 문제는 내 책임이 아니라는 거야. 더 띵 이즈, 문제
는 내가 그걸 살 돈이 없다는 거야. 더 띵 이즈, 문제는 계속 미안
하다는 말만 할 수는 없다는 거야.

낫 마이 띵, 꽃미남은 내 취향이 아니야. 낫 마이 띵, 난 멀티태
스킹을 잘 못해.

더 라스트 띵, 정말로 술을 마시고 싶지 않아. 더 라스트 띵, 정
말로 너에게 상처 주고 싶지 않아. 더 라스트 띵, 난 정말로 네가
필요 없어.

휠 라익, 먹고 싶어요. 휠 라익, 울고 싶어요.

플리즈, 얼음 조금만 넣어주세요. 플리즈, 시럽 좀 넣어주세요.
플리즈, 휘핑크림은 빼주세요.

나는 입을 다문다. 똑같은 구문을 백날 말해봤자 소용이 없다는
걸 안다.

에밀리는 무슨 문제가 있는지 물었다.

"내가 하고 싶은 영어는 이런 영어가 아니에요."

"왓?"

에밀리가 물었다. 우리는 우리가 소통할 수 있는 언어로 말할 수 있지만 그래서는 안 됐다. 소통할 수 없었던 언어로 소통하기 위해서 나는 돈을 지불했으니까.

"다른 영어를 가르쳐주세요."

나는 요구했다.

에밀리는 내가 필요한 영어가 어떤 건지 알려달라고 했다.

"말이 들리는 영어."

"왓?"

"말이 말로 들리는 영어."

아나스를 만난 첫날, 고와 그가 대화를 주고받는 모습을 보면서 나는 이미 알았다. 아나스와 내가 대화를 하는 건 불가능했다. 내게 영어는 언어가 아니었다. 내게 영어는 결코 누군가와 생각을 나누고 감정을 나눌 수 있는 언어가 아니었다. 내게 영어는 늘 기준 안에 드는지 아닌지를 결정하는 시험이었다. 나를 항상 주눅들게 했고 비참하게 만들었다. 나는 아나스와 고가 교감하는 그 무엇도 느끼지 못했다. 함께할 수 없었다. 에밀리가 나를 열심히 칭찬해도 소용없었다. 내가 내뱉는 말을 내가 듣고 있으니까. 내가 나에게 따귀를 때렸다.

유튜브에 한국어를 가르치는 나이지리아 남자의 영상이 있다. 이름은 압둘라예프였고 스스로를 압둘이라고 불렀다.

"오늘은 '식'이 들어가는 말을 해볼까요?"

압둘의 한국어 발음은 깔끔했다. 귀가 편안했다.

"'식'구가 몇 명이에요?"

"야식, 외식, 후식, 야근할 때 야식 주나요? 식비는 따로 주나요? 간식, 빵과 우유 줘요."

"력."

상상력, 생명력, 정신력, 기력. 압둘이 말하고 압둘이 따라 했다.

"력은 힘이라는 뜻이야. 힘. 네팔의 국력이 약해서 인도가 마음대로 해요. 네팔의 힘이 약해서 인도가 마음대로 해요. 어떤 말에 쓰는지 더 알아볼까? 이런 말에 쓰지."

"기계 소리가 너무 커서 청력이 나빠졌어요."

그는 한번 읽고 따라 읽을 시간을 준 다음 응용 문장을 읽었다.

"무기력은 정신력으로 이겨야 합니다."

화장실, 관리실, 사무실.

"'실'은 방이야."

"배 아프면 사무실 가서 약 달라고 해요."

6

처음 배운 한국어가 뭐였냐고 물었을 때, 파란은 말했다.

"살려주세요."

"그게 처음으로 배운 한국어야? 너무했다."

"또 있어."

"뭔데?"

"때리지 말아주세요."

"여기도 다 사람 사는 데야. 그렇게 무서운 사람들만 있는 건 아니야."

듣고만 있던 바크가 한마디했다.

생각해보면 영어에게 따귀를 맞는 순간 갑자기 어른이 된 느낌이었다.

기쁜 일 앞에서 사람은 마냥 순수해지고 고난과 역경 앞에서는 나이를 먹는다. 맞는 행위에서 오는 수치심이, 그 행위에 저항하지 못하는 나에 대한 수치심이 인간이라는 존재의 가장 끝, 가장자리에 닿게 했다. 그 선을 넘어서면 인간이 아닌 존재가 될 수도 있겠다는 느낌이 들었다. 해가 바뀌고 중학교 3학년이 됐을 때도 나는 그 선 위에 있었다. 내 반의 영어 담당은 여전히 그녀였다. 달라진 게 있다면 그녀가 유부녀가 됐다는 정도였다.

한번은 수업을 하다 말고 갑자기 생각난 듯 말했다.

"주말에 라면을 끓여먹었거든."

세상에 라면을 다 익히지도 않고 먹는 사람도 있더라고 몹시 심 각한 얼굴로 말했다. 굳이 누구라고 지칭하지 않았지만, 그 사람 이 그녀와 결혼한 상대라는 걸 알 수 있었다. 그런데 아무도 반응 을 하지 않으니까 우리들이 이해하지 못했다고 생각했는지 글쎄 거의 생으로 라면을 먹더라고, 우리 중에도 그러는 애가 있느냐고 물었다. 우리는 그녀가 기대한 반응을 보일 수 없었다. 영어의 목 소리를 듣는 것만으로도 겁을 먹었으니까.

영어가 수업 내용이 아닌 개인적인 이야기를 한 건 그때가 처음 이자 마지막이었다. 라면이야 익혀 먹을 수도 있고 설익은 걸 먹 을 수도 있는데．내가 의아했던 건 영어가 그런 걸 신경쓴다는 사 실이었다. 문장을 정확하게 외우지 못한다고 따귀를 때리는 건 괜 찮았다. 따귀를 맞은 아이들이 느끼는 수치심에 무감각한 것도 괜 찮았다. 그런 사람이 다른 이가 라면을 익혀 먹는지 아닌지를 궁 금해하고, 자신이 상식적인지 아닌지를 고민한다는 건 이상한 일 이었다. 무서운 일이었다.

한동안 라면을 끓일 때마다 영어 생각을 했고 몹시 생각에 골몰 하던 영어의 표정을 떠올렸고 그때마다 의문이 들었다. 그녀는 우 리가 자신과 똑같이 말하고 생각하는 사람이라는 걸 알고 있었던 걸까. 그렇다면 우리에게 가했던 폭력을 스스로에게는 어떻게 이

해시키고 정당화했을까.

"나이지리아 생선 많다."
아나스는 말했다. 한국어로.
"생선? 피시?"
나는 물었다.
"응, 생선."
아나스가 대답했다.
나는 줄곧 아나스가 자신이 살던 나라에 대해 말하길 꺼린다고 생각했다. 결코 얘기하고 싶어하지 않는다고 생각했다. 그런데 그날은 아나스가 먼저 고향 얘기를 했다.
"고향에선 어떤 음식 먹는데?"
"닭고기, 양고기, 피시."
엄마가 에구시수프를 자주 해줬다고 말하는 아나스의 얼굴은 밝아 보였다. 눈을 반짝였다. 얼굴이 흙빛으로 변하지 않았다.
그게 뭔데? 내가 묻자 아나스는 활짝 웃으며 답했다. 나이지리아에서 자주 먹는 음식, 생선찜 비슷한 것, 에구시 씨앗을 갈아넣어 만든 것, 그리운 것, 엄마가 해준 것.

이쌈

1

일주일은 짧고 하루는 길다. 아무리 긴 하루라도 끝이 보이는 때는 있다. 내게는 영업점 셔터가 내려가는 시각이었다. 이윽고 새로운 종류의 업무가 시작되지만 영업이 공식적으로 종료되는 오후 네시는 어쨌든 끝의 알림이었다.

더이상 출근하지 않는데도 몸이 오후 네시를 기억하고 느슨해졌다. 나는 숨이 차지 않게 속도를 조절하면서 오르막을 오르다 멈춰 섰다. 그곳 방문을 마치고 집으로 돌아오는 길이었다. 길가에 상가 건물 하나가 눈에 들어왔다. 정확히는 상가 건물 벽에 기대어 있는 듯한 비닐하우스 꽃집이, 더 정확히는 '꽃집입니다'

라고 종이에 써붙여둔 그 가게 안 색색깔 화려한 꽃들 너머 선인
장이.

겉면은 납작하면서 매끈하고 가시는 뾰족하다기보단 솜털처럼
보송하게 올라와 있는 게 그곳의 대기실에서 봤던 것과 같은 선인
장으로 보였다. 확신을 가지지 못한 건 그 크기 때문이었다. 그곳
의 선인장은 사람 키만큼 컸다. 꽃집 화분은 기껏해야 손바닥만한
크기였다. 가지에 해당하는 작고 길쭉한 자구 두 개가 대칭을 이
뤄 앙증맞게 붙어 있었다. 이렇게 작을 수도 있구나, 하면서 화분
을 들고 요리조리 돌려 보고 있자 꽃집 여자가 다가왔다.

"꽃말이 뭔지 아세요? 승승장구예요."

무뚝뚝해 보이는 표정과 달리 친절한 말투였다. 너무나 알려주
고 싶었다는 듯한 그 얼굴을 보고 나는 어쩔 줄 몰랐다. 그곳에 다
녀오는 날이면, 어쩌면 그다음날까지도 나타나는 증상이었다. 간
판들이 다 내게 말을 걸어오는 것 같았고 내가 이 땅에 받아들여
지고 있는 것에 황송해졌다. 같은 언어로 말하고 생각하는 사람들
속에 있는 것만으로도 얼마나 감사한지 몰랐다.

"절대 죽지 않아요."

꽃집 여자는 자신했다.

"번식력도 좋아요."

승승장구라는 꽃말도 그래서 생긴 거라고 했다. 성공과 번영.
나는 감탄도 하고 맞장구를 치기도 하다가 제대로 인사도 못하고

버스를 탔다. 이미 내 손에는 승승장구가 들려 있었다. 집에 거의 다다를 즈음 중요한 걸 놓쳤음을 알았다.

의미가 승승장구라는 거잖아, 이름은 아니잖아? 나는 이름도 모르는 식물을 집에 가져다놓으려 했던 것이다. 절대 죽지 않고 가지가 죽죽 뻗어나갈 이 식물의 이름을 알기 위해 나는 휴대폰을 들었다.

길쭉한 자구가 양옆으로 꼭 두 팔을 벌린 모양을 하고 난다고 해서 만세선인장으로 불렸다. 문제는 내가 원하던 답만 얻어낸 게 아니라는 거였다. 또다른 이름이 있다는 것도 알게 됐다. 형태가 납작한데다 두 팔을 벌리고 있는 모습이 도로에 깔려죽은 생물체를 연상시킨다고 해서 로드킬선인장으로도 불린다는 것이었다. 이게 뭔가 싶었다. 어떻게 살아 있는 생명체에게 이런 끔찍한 이름을 붙일 수 있을까. 승승장구와 로드킬은 너무 거리가 멀어 보였다. 잠시 혼란에 빠져 있던 나는 머릿속에서 로드킬을 애써 지워냈다.

두번째로 내가 집안에 들인 건 칼라데아 오나타였다. 제법 친해지게 된 꽃집 여자는 내게 화분을 넘기면서 직사광선 아래 두면 안 된다고 주의를 줬다. 어쩐지 음습하다 싶었다.

"빛을 싫어하는 식물도 있네요."

내가 꺼림직한 기분에 말하자 그녀는 잠깐 생각하더니 빛을 싫어한다기보다는 습한 걸 좋아하는 거라고 했다.

"그래서 실내에서 키우기 좋아요."

그녀는 부정적으로 볼 수 있는 걸 얼마든지 긍정적으로 바꿀 줄 알았고 그래서 더 드라마틱하게 느껴지게 했다. 그 순간 내게 오나타는 빛을 싫어하는 식물이 아니라 습한 걸 좋아하는 식물로 각인됐다. 잎도 독특했다. 짙은 초록색 잎사귀에 분홍색 물감으로 잎맥을 칠해놓은 듯한 선들이 섬세하게 새겨져 있었다. 심지어 기도도 할 줄 안다고 했다.

"밤에는 잎들이 바짝 서면서 모아지거든요. 꼭 기도하는 것처럼."

그때 떠오른 게 쌈 목사였다.

목사는 허스키하고 묵직한 음성으로 '데스티니'를 말했다.

"당신을 만나기 전부터 나는 당신을 알았다."

나를 소개받자마자 그는 말했다. 성경 말씀이네, 했더니 뭘 좀 아는구나, 하며 유쾌하게 웃었다. 우리 만남은 데스티니고 자신이 그곳에 있게 된 것도 데스티니라고 했다. 목사의 이름은 '이쌈'이었다. 아나스와 달리 덩치가 컸고 살집도 있었다. 크고 환한 미소를 지을 때면 그에게서 어떤 자애로움이 느껴졌다.

"나는 여기에 있지만 여기에 있지 않아."

난민 신청을 한 쌈 목사는 재판을 기다리고 있었다. 몇 번이나 재판 날짜가 미뤄지면서 시간이 한정 없이 가고 있었지만 초조해

하거나 불안해하지 않았다. 그에게는 무작정 기다리는 시간이 아니었다. 이미 신이 운명으로 정해놓은 시간이었다. 어떤 일이 일어날지, 언제 그 일이 일어나야 할지 신은 알고 계시니까 문제없었다. 목사에게는 다 노 프라블럼이었다.

2

라벤더는 땡볕에 둬도 타지 않고 씩씩하고 꼿꼿하게 자란다. 제라늄은 잎 둘레가 톱니처럼 뾰족뾰족하고 꽃잎이 붉은 게 꼭 미니 장미 같다. 종일 장대비가 내려 숨막히게 습하던 날에는 가지가 많은 풍성한 목수국을 데려왔다. 꽃이 총총 나서 하나의 무더기로 자라는 새하얀 수국이었다. 모두 그곳을 방문하고 오는 날 내 품에 들였다.

새 화분이 놓일 때마다 발코니의 모습이 달라졌다. 색의 조합도 달라졌다. 아침일 때와 저녁일 때, 흐린 날과 맑은 날 발코니는 완전히 다른 공간이 됐다. 유일하게 위안을 주는 곳이었다. 나의 위안과 자긍심을 위해서 식물들이 내 집에 볼모로 잡혀 있었다.

당신은 출근 전 발코니를 말없이 바라보곤 했다. 하루는 심란한 얼굴로 자기 입에서 무슨 말이 나오는지도 모른 채 한마디를 했다.

"천지 사방이 풀때긴데……"

나도 모르게 얼굴이 달아올랐다. 당신은 수입원이 오직 자신뿐인 것에 부담을 느끼기 시작했다. 그러나 나는 흔들리지 않았다. 매달 임신 테스트기의 단호한 한 줄을 확인할 때도 흔들리지 않았다. 자식들의 시험 합격을 이끌어낸 무시무시한 기도발을 가진 시모에게서 엄청나게 큰 뱀이 집안으로 들어오는 꿈을 꿨다는 전화 받은 달에 비친 생리혈에도 흔들리지 않았다. 하지만 왜인지는 몰라도 승승장구가 승승장구하지 못하는 것은 맘에 걸렸다.

보통 식물은 잎이나 흙을 살피면 상태를 알 수 있다. 빛이 필요해, 목이 말라. 그러나 승승장구는 말이 없었다. 상상 속에선 하루가 다르게 쑥쑥 자라고 자구를 맺는데 현실에서는 그러지 못했다. 어떤 날은 살아 있지 않은 것 같기도 했다. 식물에게 살아 있다는 건 뭘까. 나는 식물의 삶도 죽음도 알지 못했다. 승승장구는 처음 데려왔던 그대로 꼼짝하지 않고 있다 한쪽 옆구리가 쭈글쭈글해져버렸다. 쭈글쭈글해진 쪽으로 몸이 기울더니 그대로 푹 꺾여버렸다. 몸을 꺾고 자빠진 걸 보자 머릿속에서 지워냈던 이름이 되살아났다. 로드킬.

다음 방문 때, 내 시선은 승승장구로 향했다. 대기실에 앉아 있으면 자연스럽게 시선이 가는 곳이었다. 대기실이라고 부르긴 해도 따로 방이 있는 건 아니었다. 앉아서 대기할 수 있는 철제 의자 몇 개와 테이블, 로비와 분리시키기 위해 세워놓은 낮은 나무 책장이 있을 뿐이었다. 화분은 책장 위에 있었다. 하루종일 햇빛이 들지 않을 그늘지고 구석진 곳이었다. 알뜰하게 살펴줄 누군가가 있을 것 같지 않았다. 그런데 아슬아슬하게 곡예중인 마술사의 접시처럼 선인장의 둥근 끄트머리에서 자구가 올라오고 자구의 끄트머리에 다시 자구가 올라와 천장을 뚫을 기세였다. 어떻게 저렇게 잘 자랐지? 의문과 경이로움이 함께 밀려왔다.

겨우 손바닥만한 몸통조차 지탱하지 못하고 꺾여버린 승승장구를 생각하니 그 작은 것 하나 제대로 살리지 못하는 나라는 인간이 놀라웠다. 나 자신이 작고 초라해지는 기분이었다. 내가 해내지 못한 일을 여기서는 누군가가 해내고 있었다. 그날 꽃집 여자에게 한탄 비슷하게 그간의 일을 털어놓았다. 애초에 나약한 녀석을 판 것은 아닌가 하는 의심도 없지 않았다.

"그렇게 어려운 아이는 아닌데요."

그녀는 난감해했다.

식물이 죽는 데는 여러 이유가 있다고, 집집마다 환경이 다르고 놓이는 위치가 다른 것도 요인이 될 수 있다고 했다. 어느 시간대에 햇빛을 얼마나 지속적으로 받느냐에 따라 다르고 식물 자체의 특성도 달라서 뭐라고 딱 집어 말할 수 없다고 했다. 확실한 건 식물을 죽이는 방법은 둘 중 하나라는 것이었다. 썩혀 죽이거나 말려 죽이거나.

"선인장이 왜 선인장이겠어요?"

그녀는 갑자기 흥분해서 말했다. 물을 너무 많이 주면 버틸 선인장이 있겠냐고 했다. 그게 나를 자극했다. 집으로 돌아가는 내 손에는 새로운 승승장구가 들려 있었다.

검색으로 찾아낸 영상에서는 잔뜩 말라 있던 승승장구가 물을 받은 다음날 자구를 피웠다. 작은 자구는 풍선처럼 부풀었다가 위로 솟으면서 쑥쑥 자랐다. 영상에서 자막이 일러주었다. 건조함은 균열을 일으킨다. 균열이 없으면 갈망도 부화도 없다.

한 달을 기다리고 며칠을 더 기다렸다가 물을 줬다. 얼마나 말라 있던지 처음에는 물이 흙과 섞이지 못하고 겉돌았다. 시간이 지나자 마른 흙이 물기를 머금었다. 비로소 진한 흙냄새가 올라왔다. 물이 스며들면서 기포를 만들었다가 터지는 소리를 냈다. 내가 들은 건 분명 생명의 소리였다. 그러나 다시 같은 일이 벌어졌다. 선인장 한쪽이 쪼글쪼글해지더니 며칠 버티지 못하고 쓰러져버렸다. 승승장구가 두려웠다. 내가 이해를 구할 수 없는 대상에 시간과 에너지를 쏟아붓고 있는 건 아닐까.

그때를 기점으로 발코니를 화사하게 물들이던 색들이 하나둘 사라져갔다. 꽃집 여자 말로는 환경만 잘 맞춰주면 가을까지도 피고 진다는 목수국은 한 번 지고 나서 더이상 꽃을 피우지 않았고 해사한 색의 허브 꽃들도 너무 일찍 졌다. 성장하지도 않고 죽지도 않고 아무것도 하지 않고 그대로 얼음이 됐다.

내게 자긍심을 주던 식물들이 그 반짝임을 잃고 집밖의 풀들과 똑같은 풀떼기로 변해버렸다.

3

쌈 목사는 머리카락이 눈에 띄게 빠졌고 뺨도 홀쭉해졌다. 피부색도 거칠어졌다.

금식중이라고 했다. 9월 20일쯤에 시작한 금식을 사십 일간 계속한다고 했고 이제 반이 지났노라고 했다.

"그렇게나 오래?"

목사는 걱정하는 우리를 보고 웃었다. 금식하면 머리도 맑아지고 하나님과 가까워진다고 했다.

"늘 기도를 해. 내가 기도하지 않으면 하나님과 가까이 있지 못한 거니까. 그럼 하나님도 나와 가까이 계시지 않게 되니까."

쌈 목사는 하루하루 기도 시간을 늘려가고 있었다. 다섯시 반에 일어나 기도를 시작한다고 했다.

"그렇게 기도할 게 많아?"

"많지."

목사가 열심히 기도한 덕에 이슬람 친구들도 목사의 하나님에 관심을 보였다.

"너의 하나님은 지금 어디에 있니?"

이슬람 친구가 물었다.

"나와 함께 계시지."

"다른 할일도 많으실 텐데?"

이슬람 친구는 물었다.

"네가 하나님을 꼭 붙잡고 있는 탓에 이 도시의 하나님이 다른 곳에 눈을 돌릴 수 없는 것 아냐?"

목사의 기도 시간이 점점 늘고 있는 건 다른 활동을 하는 게 힘들어서이기도 했다. 기도하는 시간이 늘면서 목사는 하나님의 목소리를 선명하게 들을 수 있었다. 목사, 이쌈은 열여덟 살에 이 나라에 왔다. 오자마자 난민 신청을 했다. 그러나 미성년자라며 받아들여지지 않았다. 미등록 체류자가 되어 이 나라를 떠돌다 잡혀왔다. 보호소에 적응하지 못한 이쌈은 같은 방 사람들에게 심하게 무시당하고 욕을 먹었다. 가장 크게 괴롭힌 남자는 대장 행세를 하면서 언제나 좋은 잠자리를 차지했다. 리모컨도 그의 손에 있었다. 누구도 그가 화장실에 간 사이 리모컨을 들어 다른 채널로 바꿀 생각을 하지 못했다. 사람을 놀리고 비웃고 모욕적인 말을 밥 먹듯 했고 특히 이쌈을 싫어했다. 이쌈의 특수한 상황을 알고 조롱하고 멸시했다. 다행히 한꺼번에 사람들이 빠져나간 시기가 있었는데 그때 남자도 사라졌다. 제 나라로 가버렸다. 새로운 사람들이 들어왔다. 그중 눈 밑에 길게 칼자국이 나 있는 남자가 있었다. 얼굴이 하얘서 칼자국이 더 도드라져 보였다.

"어디서 왔어? 더운 나라에서 왔겠네?"

칼자국이 이쌈에게 물었다.

이쌈은 그렇다고 했다.

칼자국이 웃었다.

이쌈은 대장이 돌아왔음을 알았다. 이쌈은 그를 따라 웃는 대신 그의 손목을 비틀어 꺾었다. 남자는 매섭게 생겼지만 몸집은 작았다. 이쌈의 덩치가 그의 세 배는 됐다. 이쌈은 눈 한번 깜짝하지 않고 허스키한 음성으로 자신은 킬러라고 한마디를 했다. 그러고는 손으로 목을 긋는 시늉을 해 보였다. 그날 이후로 이쌈은 누구의 눈치도 보지 않았다. 가만있어도 알아서들 눈치를 봤다. 그때 이쌈은 알았다. 어떤 자리를 차지하느냐에 따라 자신이 속한 공간이 달라졌다. 그러나 그때의 사람들도 다 썰물처럼 빠져나가고 없었다.

"응답을 받았다고?"

"받았지."

오랜 기도 끝에 하나님이 말씀을 내려주셨다고 했다. 자신에게, 그리고 같은 방 사람들에게, 또 방문자들에게도 말씀을 내려주셨다고.

"뭐라고 하셨는데?"

방문자 고와 나는 동시에 물었다.

고에게는 너무 걱정이 많다고 했다. 다 잘될 거니까 걱정하지 말라고 했다.

내게도 말씀을 내려주셨다.

"청소를 열심히 해야 한다."

"청소를?"

"응, 열심히!"

나는 좀 기분이 나빠졌다. 왜 고에게는 그렇게 좋은 말씀을 내려주시고 내게는 안 좋은 말씀을 내려주시냐고 물으니까 목사는 웃지도 않고 말했다.

"질서 있는 삶을 살면 너도 하나님 만나게 될 거야."

목사의 하나님이 고에게만 너무 편파적이라고 나는 바크에게 말했다. 면회를 마치고 점심식사를 하던 중이었다.

"위험한데."

바크가 말했다.

"뭐가 위험해요?"

"그야 생명이죠."

그의 얼굴에서 좀처럼 볼 수 없는 불안한 기운이 감돌았다. 식단은 최소한의 영양소로 이루어진 것이라 배급되는 음식 중 뭐 하나라도 먹지 않으면 위험하다고 했다. 그런데 금식까지 하고 있으니 영양 상태가 말이 아닐 거라고 했다. 하나님의 말씀만이 아니라 어떤 다른 목소리를 듣는다고 해도 이상하지 않은 상태라고 했다.

"그래서 비타민이 중요해요."

"무슨 비타민이요?"

"무슨 비타민이라뇨?"

바크는 그걸 몰라서 묻느냐고 했다.

방문자들이 수용자들에게 면회 때마다 거의 빼놓지 않고 전달하는 물품이 전화카드와 비타민이었다. 두 줄로 나뉘어 스무 개씩 포장된, 씹어 먹는 비타민이었다. 우리가 준비한 물품은 영치품처럼 접수 직원들이 검수하고 내부의 직원들을 거쳐서 전달됐다. 가끔은 가격대가 있는 발포 비타민일 때도 있었다. 외부에서 기부로 들어왔다는 의미였다.

비타민 C가 그들의 생명을 구하고 있다고 바크는 믿었다.

"비타민 C야말로 하나님이네요."

다들 쓸쓸하게 웃었다. 그렇게 웃고 넘겼다면 좋았겠지만 바크의 말은 몇 주 뒤 바로 현실이 됐다. 목사는 아니고 목사와 같은 방 남자가 갑자기 쓰러져 구급차에 실려갔다. 며칠이 지나도록 돌아오지 못하고 있다고 했다. 남자가 왜 돌아오지 않는지 아무도 알지 못했다. 스태프도 반장도 알려주지 않았다.

"혹시 그 이슬람 남자?"

고가 물었다.

"그래, 그 남자."

이쌈이 차지한 하나님이 이 도시를 다 살피지 못할까 걱정하던 그 남자였다. 고는 바크에게 이 사실을 알렸고 바크는 몇 번 전화를 주고받으며 안면을 익힌 행정 매니저에게 연락을 했다. 다음날 매니저는 이슬람 남자가 응급실에 실려간 지 하루 만에 사망했다는 사실을 바크에게 알려왔다.

다음 방문 때 목사의 손이 떨리는 게 유독 우리 눈에 띄었다.

금식은 끝난 시점이었다. 따라서 금식중이라는 이유를 댈 수도 없었다. 절대 마음의 동요를 일으키지 않던 목사도 자신을 걱정스럽게 바라봤다. 젓가락질은 제대로 하느냐고 고가 물었다. 목사는 젓가락질이 어려운 날은 밥과 국물만 떠먹는다고 했다.

"하나님이 정하신 시간이 있다."

우리가 목사를 어떤 표정으로, 어떤 눈으로 바라봤는지 모르겠지만 목사는 떨리는 음성으로 말했다.

"당신들에게는 당신들의 시간이 있고, 나에게는 나의 시간이 있다."

그 말이 유언처럼 들린 건 나만이 아니었다. 고가 벌떡 일어나 면회실을 나갔다. 다급한 발소리가 밖으로 이어지다가 되돌아왔다. 돌아온 고의 손에는 자신의 전화번호가 적힌 쪽지가 들려 있었다. 투명한 아크릴 벽 너머 철창 사이로 목사에게 보여주면서 말했다.

"혹시, 혹시 무슨 일이 생기면 전화 줄래?"

목사는 입꼬리를 길게 끌어올리며 알겠다고 했다.

"아, 어떻게 주면 되지?"

갑자기 다급해진 고는 종이쪽지를 이중 아크릴 벽 양쪽에 엇갈려 뚫려 있는 미세한 구멍으로 어떻게든 밀어넣어보려고 애를 썼다. 없는 틈도 만들어낼 기세였다.

"이미 받았어."

목사는 자신의 머리를 손으로 톡톡 쳤다.

"번호를 외웠어?"

고가 물었다.

목사는 대답할 필요가 있냐는 듯 어깨를 으쓱해 보였다.

저기요, 하고 꽃집 여자가 나를 불렀다. 그날의 방문을 마치고 집으로 돌아가는 길이었다.

정류장을 향해 천천히, 열심히 걸어가는 나를 따라와서는 오늘은 왜 그냥 가느냐고 물었다.

"자꾸 죽어요."

나는 다짜고짜 말했다.

그녀의 표정이 어두워졌다.

내가 얼마나 승승장구에 애정을 기울였는지, 또 얼마나 전전긍긍 애를 썼는지를 말했다. 한 달은 기다렸다 물을 주라고 해서 기다렸고 너무 쨍한 빛은 피하라고 해서 피하게 했다. 그런데도 또 같은 모습으로 승승장구가 몸을 꺾고 죽었다.

"한 달을 기다렸다가 물을 줬다고요?"

꽃집 여자가 되물었다.

"그러라던데요."

"선인장이 날짜를 세겠어요?"

그녀가 기가 막힌다는 듯 말했다.

"당연히 날짜를 세지 못하죠."

나는 더 기가 막혀서 말했다.

"선인장은 사막에서 자라잖아요?"

그녀는 말했다.

"그렇죠."

꽃집 여자는 무슨 말을 할 것 같다가 입을 다물었고 곧 무표정
해졌다. 나는 그녀의 내려간 광대를, 한순간 넓고 평평해진 얼굴
을 바라봤다. 그녀는 여전히 내가 아무것도 모른다는 얼굴로 빤히
봤다. 그녀의 눈에 나는 실패를 경험해놓고 다시 같은 실패를 반
복하는 어리석은 사람이었다.

나는 한참 숨을 골랐다. 방문이 있는 날이면 하루에도 몇 번 버
스와 전철을 갈아타느라 두 발과 다리, 양팔이 몸통에서 떨어져나
갈 듯했다. 몸속에 내장이 하나도 없는 것처럼 텅 빈 기분이었다.
해가 지고 있었다. 하늘에는 붉은 기운이 뿌려져 있었다. 저녁 준

비를 하려고 일어섰다. 냉장고 문을 열었다가 갑자기 생각이 나서 쓰레기봉투를 뒤졌다. 아직 거기 승승장구가 누워 있었다. 아이를 가질지 말지를 결정하지 못한 채 결혼생활 오 년이 흘렀다. 막상 아기를 갖기 위해 노력하기 시작해서야 그것이 노력의 문제도 결정의 문제도 아니라는 걸 알았다. 나도 모르게 눈물이 흘러내렸다.

쭈글쭈글해진 그것을 봉투에서 꺼내 한 손에 들고 다른 손으로는 식칼을 찾아 쥐었다. 세로로 자르자 알로에 겔처럼 투명하고 젤리 같은 액체가 나왔다. 나는 그게 무슨 의미인지 알 수 없었다. 쭈글쭈글 껍데기는 이미 무너졌다. 그런데도 초록빛의 투명하고 매끈한 액체가 흘러나오며 말하고 있었다. 나는 아직 살아 있다.

4

우리는 점심식사를 마치고 식당 앞마당에 서 있었다. 바크가 모두의 점심값을 계산하고 나오길 기다리고 있었다. 긴장을 풀고 멍해지는 유일한 시간이기도 했다.

"어제 행사에 누가 갔나요?"

누군가 물었다.

"어떤 행사요?"

"법무부 앞에서 했다는 행사 말이죠?"

주말에 이슬람 남자를 추모하는 행사가 있었다.

"바크가 갔겠죠."

"혼자 갔을까요?"

누군가 그늘 속으로 발끝을 들이밀면서 말했다.

"고생하셨겠네요."

다른 누군가가 조그맣게 말했다.

계산을 마치고 나온 바크에게 모두의 시선이 쏠렸다. 행사 얘길 묻자 바크는 그때 찍은 사진을 바로 단톡방에 올려주었다.

모두 휴대폰을 확인했다.

사진 속에는 검은 리본을 두른 액자와 국화꽃 몇 송이가 보였고 열 명 정도 되는 사람들이 플래카드를 들고 죽 늘어서 있었다. 플래카드에는 사인死因만이라도 알려달라는 소박한 문구가 적혀 있었다.

너나없이 약속이라도 한 것처럼 액자 속 얼굴을 확대해봤다. 가늘게 눈을 떠보았지만 화면을 늘이면 늘일수록 액자 속 얼굴은 흐릿해졌다. 흑백의 옆모습이라는 것만 간신히 알아볼 수 있었다.

"정말 사인이 뭘까요?"

누군가 물었다.

"모르죠. 아무도 말하지 않으니까."

"뭐든 될 수 있죠."

다른 누군가 말했다.

그 말의 의미를 모르는 방문자는 없었다. 액자 속 흐릿한 얼굴은 수용자들 중 누구라도 될 수 있었다. 우리가 마주보고 웃고 말하던 얼굴이 액자 안에 갇힐 수도 있었다.

"저거 오동나무 아닌가요?"

누군가 팔을 뻗어 어딘가를 가리켰다. 방문자들의 시선이 그쪽으로 향했다.

"그러네요."

철망에 기대다시피 붙어 자란 나무를 보며 누군가 말했다.

"나무는 오동나무가 맞는 것 같은데 잎은 오동잎이 아닌 것 같은데요?"

"오동나무에 붙어 있는 잎이 오동잎이 아니면 뭐겠어요?"

"오동잎이 저렇게 큰 건 처음 봐요."

"호박잎 아닐까요?"

"근데 오동나무잖아요?"

"나무를 타고 호박 줄기가 올라온 거겠죠."

그게 가장 설득력 있는 말이었다.

"저거 오동잎 맞아요."

누군가 낮은 음성으로 대꾸했다. 그는 인상을 찌푸린 채 잎을 잘 보라고 했다.

"손바닥 모양으로 갈라진 게 호박잎처럼 생기긴 했는데, 가장자리에 톱니가 없잖아요."

"호박잎은 톱니가 있나요?"

"그럼요."

"그래도 잎이 너무 크지 않나?"

"가지를 한번 잘라내고 나면 저래요."

그는 확신 있게 말했다.

"새로 자라나는 가지는 아주 길게 나요. 잎도 엄청나게 커지고. 햇빛을 최대한 많이 받으려고 잎을 크게 내놓거든요, 죽지 않으려고. 또 잘릴까봐 두려운 거겠죠."

모두 기이할 정도로 커다란 잎을 말없이 바라봤다.

"그곳에서도 하늘은 보이겠죠?"

누군가 불쑥 물었다.

"어디요?"

"아니 왜 운동장에 나가는 시간이 있잖아요? 하루에 삼십 분."

누군가 바크를 바라봤다.

바크는 왔다갔다하는 시간을 제외하면 하루에 기껏 십오 분 정도 운동장에 있을 수 있다고 했다.

"흙을 밟는 시간이 그거밖에 안 된다고요?"

"누가 그래요, 흙을 밟는다고?"

바크는 우리가 생각하는 그런 운동장이 아니라고 했다. 그냥 시멘트 바닥이라고 했다.

"그럼 흙도 없고 나무나 풀 하나도 없다는 거예요?"

"네."

주변이 전부 건물로 둘러싸여 있다. 천막 같은 것으로 막아놓아 하늘을 볼 수도 없다. 플라스틱 카펫이 깔려 있어 흙 한번 밟아볼 수 없다.

"왜 그렇게까지 하겠어요?"

왜 굳이 플라스틱 카펫을 깔아 흙을 밟지 못하게 만드느냐는 뜻이었다. 질문하는 우리에게 바크는 오히려 되물었다.

"흙을 밟는 순간 느끼는 안정감이 왜 필요하겠어요?"

내 집에서는 끝내 살아남지 못한 승승장구가 그곳에서는 어떻게 그토록 잘 자랄 수 있었는지 비로소 알았다. 꽃집 여자가 말한 사막은 내가 짐작한 것보다 훨씬 더 메마르고 뜨겁고 삭막하고 황량한 곳이었다. 언제 빗물을 머금게 될지 알 수 없으니 내부에 물을 꽉꽉 채우고 버텨야 했다. 승승장구를 승승장구하게 만드는 건 갈증이고 목마름이고 무관심이었다.

"그래도 쌈 목사의 하나님이 있으니까."

고가 말했다.

"한 알의 비타민도 있고."

누군가 말했다.

그리고 우리에게는 신이 정하신 시간도 있었다.

분명 이 기다림에는 의미가 있을 것이다. 그러니 노 프라블럼이었다. 어떤 일이 일어날지, 언제 그 일이 일어나야 할지 신은 알고 계시니 노 프라블럼이었다.

야신

"왜 그렇게 열심히 기도를 하는 건데?"
언젠가 야신이 이쌈에게 물었다.
"기도할 게 많으니까."
"당신을 사람들이 목사라고 하던데?"
"내가 기도를 열심히 하니까."
"그럼 회개인 건가?"
이쌈은 대답하지 못했다.
"진짜 살인을 했어?"
"아니."
"그런데 왜 살인자라고 하지?"
"내가 그렇게 말했으니까."

바람이 없어 공기의 흐름을 전혀 느낄 수 없었다. 그곳에서 가장 힘이 센 것은 엘이디 불빛이었다. 눈이 시리게 밝고 환한 불빛은 모두를 팼다. 모두 두들겨맞았다. 환한 불빛이 이쌈에게 고통을 주는 건 간신히 지탱하고 있는 내면의 희미한 불빛조차 볼 수 없게 만들기 때문이었다. 등에 종이를 싸서 빛을 약하게 해보려 했지만 결코 어두워지지 않았다.

취침시간을 알리는 벨소리가 들려와야 엘이디 등이 꺼졌다. 취침 점호가 끝나면 불도 켜선 안 되고 돌아다녀서도 안 됐다. 간신히 잠이 들려고 하면 누군가 헛기침을 했다. 또 간신히 잠이 들려고 하면 누군가 이를 갈기 시작했다. 아무도 쉽게 잠들지 못했다. 견디다못해 몸을 조금이라도 뒤척이면 주변에서 욕을 했고, 스태프가 조용히 하라고 소리를 질렀다. 심하게 코를 고는 소리가 들리면 밤은 더 끔찍한 시간이 됐다. 누구도 따라갈 수 없는 소리로 코를 고는 사람은 야신이었다.

양쪽 옆방에서도 야신의 코 고는 소리가 벽을 울려 머리가 아프다고 했다. 사람들은 각자 자기 나라 말로 야신에게 욕을 했다. 자기 나라 말로 분통을 터뜨렸다. 이쌈은 야신과 같은 방을 쓰게 된육 개월 내내 밤마다 야신의 코 고는 소리에 시달려야 했다. 들어온 지 하루 만에 여기는 지옥이라고, 자기 나라로 가겠다고 부르짖으며 점심 배식도 받기 전에 방을 나간 사람도 있었다. 스태프는 그가 떠났다는 소식을 전하면서 덧붙였다. 너희도 갈 수 있다. 여기 이렇게 힘들게 있을 필요 없다.

그 지옥 속에서도 평화를 누리는 건 야신 자신뿐이었다. 야신은 세상모르고 잤다.

깨어 있을 때의 야신은 또 얼마나 연약한지 누가 살짝 몸을 부딪쳐와도 움찔했고 큰 소리로 이름이 불리기만 해도 놀랐다. 깜짝깜짝 잘 놀라는 만큼 잘 웃기도 했다. 거의 온종일 기도로 하나님을 만나던 이쌈이 야신에게 관심을 갖게 된 건 어느 날 야신이 스태프에게서 불려가면서부터였다.

돌아온 야신은 얼굴이 어두웠다. 고개를 들지 못했다. 앉지도 눕지도 못했다. 울지도 웃지도 못했다. 뭔가를 잘못한 사람처럼 얼굴이 새빨개져 있었다.

그날도 야신은 방을 나갔다가 삼십 분이 지나 돌아왔다. 이쌈은 그에게 물었다.

"뭘 하고 온 거야?"

야신은 대답하지 못했다.

"누가 면회를 온 거야?"

"아니."

"그럼 어딜 갔다 왔는데?"

이쌈은 끈질기게 물었다.

"남해, 남해 해수욕장엘 갔다왔어."

처음에는 무슨 소리를 하나 했다. 그러다 야신이 웃는 걸 보고 이쌈도 웃으며 장단을 맞춰줬다.

"좋았겠네."

"좋았지."

"그런데 왜 하필 남해야? 난 동해가 좋은데. 동해가 진짜 바다라고."

"더 따뜻하잖아."

야신의 음성이 한층 밝아졌다.

"파도 소리가 계속 들리고 애들도 튜브를 타고 발을 구르면서 물장구를 쳤어."

야신은 말을 하다 말고 갑자기 울기 시작했다.

"왜 울어?"

이쌈은 문득 깨달았다.

"아이가 있구나?"

아내와 어린 딸아이가 한국에 있다고 했다. 이제 막 돌이 지났다고 했다. 이쌈은 더 캐묻지 못했다.

몸에 밴 화장실 냄새, 낯선 체취, 땀냄새, 그런 것들이 뒤섞여서 그들은 서로의 냄새를 공평하게 나눠 가졌다. 모두의 냄새가 자신의 냄새였고 자신의 냄새가 모두의 냄새였다. 그것이 방의 냄새였다. 머릿속은 텔레비전 소리로 멍했다. 잠깐이라도 방을 나간다는 건 냄새와 소리에서 벗어난다는 거니까 그리 나쁜 일은 아니겠다고 이쌈은 생각했다. 더 나쁜 일이 뭐가 있을까 싶었다.

다음날도 스태프가 야신을 불렀다. 스태프를 따라나서는 야신의 어깨가 축 처졌다. 이번에는 조금 더 오래 있다가 돌아왔다.

"오늘은 어딜 갔어?"

이쌈은 물었다.

"산책을 하고 왔어."

"어딜 산책했는데?"

"여기저기."

"여기저기 어디?"

"주차장, 상점, 쇼핑몰."

"어땠는데?"

"바람도 쐬고 사람들도 보고 좋았다. 상점마다 반짝이는 불빛도 좋았고 빵냄새도."

야신은 자신의 말에 취해 뺨이 발그레해졌다.

"정말 어딜 간 거야?"

이쌈이 살짝 인상을 썼을 뿐인데도 야신은 겁을 먹었다. 이쌈이 살인자라는 말을 들었다고 고백했다.

"혹시 진짜 살인을 한 거야?"

야신은 물었다.

"내가 살인을 했으면 여기 있지도 못했을 거야."

"그런데 왜 그런 말을 했어?"

야신은 도무지 이해할 수 없다는 얼굴이었다.

"넌 여기가 어떤 곳이라고 생각해?"

이쌈이 물었다.

야신은 생각해본 적이 없다고 했다. 그래도 자신은 괜찮다고 했다. 다 좋다고 했다.

"뭐가 괜찮아? 뭐가 좋은데?"

야신의 머릿속에서 자신은 황제였다. 잠깐 황제가 돼서 이곳에 살고 있다고 생각했다.

"여기선 손 하나 까딱하지 않아도 되잖아. 알아서 먹을 것 가져다주고 잠잘 시간을 정해주니까. 뭘 보면 될지 알아서들 채널을 틀어주고 뭘 해야 할지 알아서들 정해주니까."

자꾸 떠나라고 하지만 않으면 좋다고 했다.

"나도 떠나주고 싶은데…… 당장은 못 떠나. 매니저한테도 그렇게 말했어. 비행깃값 없어서 못 간다고."

야신은 언젠가 자신도 고향으로 돌아갈 거라고 말했다. 언젠가 돌아갈 거지만 지금은 갈 수 없다고 했다. 고향은 폭격을 맞아서 남아 있는 게 없었다. 폐허 속에 도로를 내고 집을 다시 지으려면 돈이 필요했다. 정부에 내야 할 벌금도 있었다.

"벌금을 왜 내?"

"아기 출생신고를 하지 않아서. 그럼 벌금을 낼 돈을 벌어야 하잖아. 당장 기저귀, 분유도 급하잖아. 아기는 부모 사정을 알아서

똥을 안 싸고 젖을 안 달라고 하지 않잖아."

"뭐야, 넌 번 돈이 하나도 없어?"

"벌긴 했지. 근데 내가 변호사를 소개받았거든."

"변호사?"

야신은 공장에서 일을 하다 그대로 잡혀왔다. 이 주간 경찰서에 갇혀 있다 여기로 왔다고 했다. 그런데 이번이 처음이 아니라고 했다. 이미 단속에 걸려 잡혀왔었다가 아이가 태어나서 일시해제로 나갔다 또 잡혀오고 임금 체불로 일시해제를 받았다가 또다시 잡혀오고. 운이 지지리도 없었다. 처음 일시해제로 나왔을 때 같은 공장에서 일했던 사람이 야신에게 변호사를 소개해줬다. 변호사라는 사람은 야신의 비자를 해결해주겠다고 했다. 그래서 오백만원을 줬다. 그뒤로 연락이 되지 않았다.

"사기를 당한 거네?"

"그런 거야?"

"그런 거야라니? 여기 들어왔다가 나가면서 보증인을 세웠을 거 아냐. 그 사람한테도 사례비를 줬지? 그것도 두 번이나. 그럼 돈을 수억 썼겠네."

그건 아니야, 하면서 야신은 웃어 보였다.

"억을 벌지도 못했는걸."

야신은 자기 말이 몹시 재밌다는 듯 가냘픈 어깨를 흔들면서 웃었다.

"한국에 올 때 함께 왔던 사람들 나 빼고 다 고향으로 돌아갔어. 러시아 사람, 중국 사람, 고려 사람 다. 한국 깨끗하고 돈 벌 수 있어서 좋대. 돈 보낼 수 있어서 좋대."

야신은 일하면서 만난 고려인과 결혼해서 낳은 두 살 아기가 자라서 어린이집에 가려면 한 달에 오십만원은 더 벌어야 한다는 말도 했다.

"빡세네?"

"빡세지."

빡세도 좋다고, 아니 빡세서 좋다고 야신은 말했다. 자신도 운이 풀리고 곧 빡센 날이 올 거라 믿었다.

그날 스태프에게 불려나간 사람은 야신만이 아니었다. 이집트 남자가 스태프에게 불려나갔다 돌아왔다. 그는 희망적인 소식을 안고 왔다. 행정 매니저가 보증 서줄 한국 사람이 있다면 일시해제를 고려해볼 수 있다고 했다는 것이었다. 물론 거기에도 돈이 들었다. 그곳에서 나가기 위해서는 보증금도 내야 했다. 그래도 나갈 수만 있다면 뭐든 할 기세였다.

야신에게 이 소식이 긍정의 신호였던 건 이집트 남자가 야신과 비슷한 시기에 들어왔기 때문이었다. 수용 후 일 년이 지난 보호 외국인들은 관리감독 기관에도 부담이 됐다. 다음날도 야신은 스태프에게 불려갔다. 그러나 방으로 돌아왔을 때 야신의 얼굴은 한층 어두워져 있었다. 거의 울 지경이 되었다.

"매니저가 부른 게 아니야?"

이쌈은 물었다.

"아니."

"그럼 누구하고 말했어?"

"이 사람, 저 사람."

순간 다시 어두운 먹구름이 야신의 얼굴에 드리웠다.

"이 사람, 저 사람? 어떤 사람?"

"캐리어 든 사람들."

캐리어를 든 사람들이라면 이 나라를 떠나기 위해 공항으로 가는 사람을 의미했다.

"캐리어 든 사람을 왜 만나?"

이쌈이 다그쳐 묻자 야신은 바로 움츠러들었다.

"잘 가라고 인사도 하고 가서 하는 일 잘되라고 축복도 해주고 손도 흔들어주고 그러는 거지."

"스태프들이 공항 가는 사람들한테 인사를 하라고 야신을 불렀단 말이야?"

이쌈은 인상을 쓰고 물었다.

"공항버스를 타기 전에 머무르는 방이 있어."

야신은 말했다.

이쌈은 버스를 타고 공항에 간 적이 없었으므로 그 과정을 알지 못했다.

오전 열시에 공항 가는 버스가 왔다. 따라서 버스를 타기 위해 사람들은 아홉시쯤 방에서 불려나갔다. 그리고 버스 대기 방으로 향했다. 거기서 옷도 갈아입고 짐도 챙기고 ATM에서 돈도 찾고 했다. 통장에 있는 돈을 전부 인출한다고 했다. 어차피 다시 돌아올 일은 없을 테니까.

"사람들이 돈을 찾을 때 그때 스태프가 나를 그 사람한테 가라고 해."

"왜?"

이쌈이 묻는 말을 야신은 되물었다. 왜? 왜? 하고 스스로를 향해 물었다. 왜지? 야신은 하루종일 혼자 중얼거렸다. 왜지? 왜지? 하다 잠이 들었고 무시무시한 소리를 내면서 코를 골았다. 야신은 작게 읊조리는 이쌈의 새벽 기도 소리를 듣고 잠에서 깼다. 기도를 하는 이쌈을 한참 봤다.

"내가 아직도 겁나?"

이쌈이 물었다.

"네가 살인을 하지 않았다는 건 믿어."

야신은 말했다.

"그런데도 너는 내가 무서워?"

"살인을 하지 않고도 살인자가 될 수 있다는 게 무섭지."

야신은 대꾸했다.

"여기서 나는 인간이 아니야."

이쌈은 설명했다.

"난민이라고 하면 한없이 넓은 바다에 작은 쪽배를 타고 가는 사람들, 의지할 데 하나 없는 사람들, 그런 걸 떠올리잖아. 한방에 있는 사람들한테도 인간 취급을 받지 못해. 돌아갈 곳이 없으니까."

야신은 여전히 모르겠다는 얼굴이었다.

"여기 와서 알았어. 나는 아무것도 아니다. 그러니까 살인자가 되지 못할 것도 없지. 내가 너와 다른 게 뭔지 알아? 여기서 나는 인간 이하라는 걸 안다는 거야. 너는 그걸 모르고."

엘이디 불빛이 꺼진 새벽, 방안에서 이쌈의 나직한 기도 소리가 들려왔고 그 소리에 의지해 누군가 숨죽여 흐느꼈다. 야신이었다.

다음날도 야신은 스태프에게 불려갔다. 이번에 야신은 밝은 얼굴로도 어두운 얼굴로도, 그 어떤 얼굴로도 돌아오지 않았다. 누구도 야신의 행방을 알지 못했다. 스태프들도 입을 다물었다. 꼭 이슬람 남자 때 그랬던 것처럼. 이번에는 바크도, 행정 매니저도 야신의 행방을 알아내지 못했다.

이쌈의 꿈에서 거리는 황량했고 강마다 시체들이 떠다녔다. 꿈에서 깨자마자 무릎을 꿇고 기도를 했다. 날이 밝자 야신이 미처 챙기지 못한 소지품이 있는지 방안을 살폈다. 시집 한 권이 다였다. 그것도 이전에 누군가 놓고 간 걸 야신이 챙겨놓았던 것이었다. 훑어보고 또 훑어봤다. 믿음으로 구하면 얻으리라. 이쌈은 기도를 하고 페이지마다 펼쳐서 다시 한번 찬찬히 훑어봤다.

마침내 어느 페이지 안쪽에 일렬로 적힌 숫자들을 발견했다. 이쌈은 공중전화 앞에 서서 순서대로 숫자 버튼을 눌렀다. 누군가 전화를 받았다. 이쌈이 야신의 이름을 대자 수화기 너머로 한 여자가 흐느껴 울었다. 한참 울음을 멈추지 못하던 그녀는 야신의 아내였다. 야신에게서 전화가 왔었다고 했다.

"어디에 있대요?"

이쌈은 물었다.

"공항이라고 했어요."

야신은 스태프에게 불려나갔다 공항 가는 버스를 탔다. 공항에서 바로 비행기에 태워졌다. 비행기 탑승 게이트까지 직원들이 따라와서 지켜봤기 때문에 탈 수밖에 없었다고 했다.

"지금까지 그대로 두고 보다가 갑자기요? 비행기표는 어떻게 구해서?"

그의 아내도 그걸 모르겠다고 했다. 돈이 어디서 났는지 끝내 야신은 말하지 않았다고 했다.

순간 이쌈은 야신이 공항으로 가는 사람들을 왜 배웅했는지 알게 됐다. 왜 스태프가 야신에게 ATM 앞에 선 사람들에게 다가가 말을 붙이게 했는지.

돈을 구걸하게 했던 것이다. 구걸한 돈을 매니저가 받아 가지고 있다가 비행기표를 살 돈이 모이자 그를 보내버렸다. 그것 말고 달리 설명할 방법이 없었다.

"지금 야신은 어디에 있는 거죠?"

그녀는 대답하지 못했다. 그녀가 대답하지 못하면 그 질문에 답을 가지고 있을 사람은 아무도 없었다. 이쌈은 그녀가 무슨 마음을 먹었을지 짐작했다. 당장 젖먹이 아이를 데리고 어디로 가겠는가. 아내에게는 동포 비자가 있으니 그나마 안심이라고 했던 야신의 말이 떠올랐다.

이쌈은 통화를 마치고 다시 무릎을 꿇었다. 밤새 기도를 했다. 어디선가 흐느끼는 야신의 울음소리가 들려왔다. 새벽에 잠깐 눈을 붙였다 꿈을 꿨다. 텅 빈 공항에 한 남자가 낡은 캐리어와 함께 남겨져 있었다. 공항 밖은 빛으로 가득한데 남자는 어디로도 발을 내딛지 못하고 하염없이 서 있었다.

*

도로에는 낙엽이 잔뜩 떨어져 수북하게 쌓여 있었다. 방문자 하나가 낙엽을 밟지 않으려고 애를 쓰며 걸었다. 그렇게 걸으니까 걸음이 이상하게 꼬였다.

"낙엽 밟는 소리 좋지 않아요? 왜 그렇게 걸어요?"

그의 행동이 유별나다고 생각한 다른 방문자가 물었다.

"꼭 이 낙엽 같아서요."

"뭐가요?"

낙엽을 피해 걷던 방문자가 고개를 돌려서 담장 쪽을 바라봤다. 그들이 막 면회를 마치고 나온 건물이 거기 있었다.

"저 사람들."

그들이 꼭 도로 한쪽으로 몰아놓은 낙엽 같다고 말했다.

"한곳에 모아놓고 썩을 때까지 기다렸다가 죄책감이 사라진 다음 치워버리는 거죠."

둘은 앞선 일행을 따라 부지런히 걸었다. 여전히 도로 한쪽에 '저 사람들'이 쌓여 있었다.

지연

    언니, 종종 그런 생각을 해요. 나는 추락한 비행기에서 생존한 사람이 아닐까 하고요. 그것도 엄마 품에 꼭 안겨서 유일하게 생존한 아이라고요. 모두가 죽고 사막 한가운데에 홀로 남아버렸다고요. 이 막막한 곳에서 내가 어떻게 살아갈까. 혼자만 살아남았다는 죄책감을 이기고, 아무도 없는 곳에서의 막막함도 이기고, 그럼에도 살아남아야 한다는 두려움도 이기고. 이겨야 할 것들이 너무 많다는 생각이 듭니다.

    어떻게든 살아보겠다고 버티는 짓을 그만두는 것, 그 또한 내가 할 수 있는 선택이 아닐까 하는 위태로운 생각도 듭니다. 또 다른 날엔 그렇게 생각해봅니다. 처음이 어려운 거지 살다보면, 지내다보면 다 아무것도 아닌 게 될 거라고요. 살면 또 살아질 거고 무뎌질 거라고요.

언니, 헤이그라는 도시가 맘에 듭니다. 적당히 살기 좋은 깔끔한 신도시 느낌이랄까. 사람들로 북적북적한 데서 놀고 싶을 때면 기차 타고 암스테르담엘 갑니다. 거리가 참 아기자기하고 예뻐요. 버스를 타고 델프트에 다녀올 수도 있어요. 날씨가 좋지 않을 때가 더 많지만 무엇보다 바다가 있어 좋습니다. 이준열사기념관도 있어요. 그 옛날 이 먼 곳에 왔다가 죽은 젊은 남자를 잠깐 떠올려봅니다. 제가 갔을 때는 노부부가 방문객들에게 이준이라는 사람에 대해, 그가 왜 왔고 여기에 왜 묵게 됐는지, 어떻게 죽게 됐는지를 설명해주고 있었어요. 교과서에서나 보았던 헤이그가 내게 친근하게 기억된 건 아마 이준이라는 사람이 유일한 구원이라고 생각하고 왔던 도시기 때문이 아닐까 싶어요. 낯선 타국에 자신을 의탁한 것이 이준과 내가 닮은 점이라면 닮은 점이라고 할 수 있을까요.

언니, 유학 생활이라는 게 그렇잖아요. 모든 걸 처음부터 다시 시작해야 하잖아요. 아무것도 없이 새로운 곳에서 시작하고 싶다는 열망으로 떠나왔는데 새롭게 시작한다는 것은 또 얼마나 어려운지 모르겠습니다. 여기는 조용한 도시이고 공차도 들어와 있는 좋은 동네지만 이방인이 겪게 되는 걸 겪어요. 머물 곳이며 일이며 사람 관계까지 기반을 새롭게 다져나가는 것에 더해 동양인 여자가 겪을 거라고 생각하는 일을 겪어요. 한 번이라도 겪게 된다면 그건 겪은 겁니다. 버스 탈 때 내 얼굴이 드러나지 않게 모자를 눌러써요. 그런데도 다가와서 니하오, 하고 소리치고 휘파람을 불고 그래요. 이민자면 다 마약을 하거나 마약을 팔거나 마약을 운반한다고 생각하는 사람도 있어요. 정말 화가 나지만 진짜 마약을 하거나 범죄에 가담하는 이들도 있긴 하니까 할말이 없어요. 밤이면 뒷골목에 사람들이 잔뜩 있거든요. 위험한 일이 일어나고 있다는 걸 직감적으로 알 수 있어요. 그런 사람들을 받지 않으면 될 텐데 왜 받아서 나까지 욕을 먹어야 하나 생각하곤 합니다. 여기까지 오려고 얼마나 많은 시간과 돈을 들이고 노력을 했는데요. 그런데 왜 싸잡아서 같은 취급을 받아야 하는지 솔직히 모르겠어요. 이런 내가 편협한 걸까요?

디자인 공부하러 유학을 왔지만 학교와 작업이 나의 모든 것이 되는 건 아니라고 생각합니다. 요리도 배우고 산책도 즐기며 운동도 열심히 합니다. 어디 있든지 평범한 일상이 가장 중요하다고 생각합니다. 그래야 흔들리지 않아요. 흔들려도 많이 흔들리지 않는다고 생각합니다. 마음이 어지러울 땐 이렇게 언니나 친구들에게 글을 쓰면서 안정을 찾아요. 제 글을 읽는 게 힘든가요? 언니, 저는 힘들 때 언니 생각을 해요. 언니도 쉽지 않을 거라고 느껴요. 다른 사람들도 쉽지 않은 인생을 살아간다 생각하면 나는 아무것도 아니다 중얼거립니다. 이런 내가 나쁜 걸까요? 다시 오지 않을 시간을 즐겁게 보내면 좋겠습니다. 모두 가요.

*

어쩌다 가장 뒤처져 걷게 됐는지 모르겠다. 나는 일행과 거리를 두고 걷다 길가에 서 있는 두 남자를 발견했다. 중국인이 아닌지도 모르겠지만 내게는 중국인으로 보이는 두 남자가 먼지가 날리는 길바닥에 서서 두리번거리고 있었다. 신발이 몹시 낡고 지저분했다. 분명 도움이 필요한 거라고 확신했다. 그들에게 다가갈까 말까 망설이고 있는데 내 앞에서 걷던 홍이 성큼성큼 그들에게 다가갔다.

홍은 오가는 방문자들 중에서 나이가 가장 어린 남자였다. 아직 서른은 안 됐을 것 같은데 성숙한 얼굴이었다. 늘 비니를 쓰고 계절과 관계없이 전투복 같은 점퍼를 입었다. 다가가기 어렵게 생긴 외모와 달리 막상 말을 걸면 더없이 상냥한 얼굴을 보여줬다. 홍은 그들에게 다가가 무슨 일이냐, 여기서 뭘 기다리느냐고 물었다. 그러고는 혹시 모를까봐 그러는데 여기는 버스 정류장이 아니라는 말까지 덧붙였다.

그들은 홍이 무슨 말을 해도 웃기만 했다. 대화가 쉽게 끝날 것 같지 않았다. 우리 일행들이 시야에서 멀어지고 있었다. 나는 어정정하게 서 있다가 홍이 있는 쪽으로 다가갔다. 일행이야 늘 가던 식당으로 가겠지 싶었다.

홍은 자신이 하는 말을 두 남자가 알아듣지 못하자 영어로 다시 물었다. 그들은 어깨를 으쓱해 보였다. 영어는 더 모르겠다는 얼굴이었다. 스마트폰 번역 기능을 이용할 수도 있었지만 그때는 우리 둘 다 당황해 그 생각을 하지 못했다. 그때 그들 중 한 사람이 전봇대 기둥을 가리켰다. 기둥에 붙은 전단지에 '택시'라고 적혀 있었다.

택시? 하고 묻자 택시! 하고 대답했다.

'택시'라는 글자 아래에 깨알 같은 글이 적혀 있었다. 홍은 그걸 읽더니 말했다.

"그냥 기다린다고 택시가 오는 게 아니에요. 여기 적힌 번호로 전화를 해서 부르면 그때 온다는 거예요."

홍은 소리쳐 말을 하고 그들이 알아듣지 못한 것 같으니까 아주 간단한 영어 단어로 반복해 말했다. 그들은 여전히 웃기만 했다. 약속한 듯 고개를 끄덕이면서 웃었다. 언제까지고 기다리고 서 있을 태세였다.

홍은 안 되겠다 싶었는지 전단지에 적힌 번호로 직접 전화를 걸었다. 통화를 한 다음 중국인들에게 택시가 오 분 뒤에 올 테니 어디 가지 말고 여기서 기다리라고 했다. 그들은 고개를 끄덕였다. 그리고 또 웃었다. 아무래도 마음이 놓이지 않았던 홍과 나는 택시가 올 때까지 함께 기다리기로 했다.

홍은 손짓과 표정, 그리고 아주 간단한 단어로 그들에게 여기 어떻게 왔는지 물었고 그들의 손짓과 표정으로 답변을 추측했다. 이 근처에 공장이 있고, 그 공장에서 친구가 일을 하고 있다, 친구를 만나러 왔다 돌아가는 길이다, 대강 그런 뜻인 듯했다. 얼마 뒤 택시가 왔다. 두 남자는 환하게 웃으면서 손을 흔들고는 택시를 탔다. 택시 기사와는 어떻게 소통할지 알 수 없었지만 아무튼 택시는 유턴을 해서 도로로 나갔다.

두 남자가 사라지고 눈앞에 아무도 없게 되자 비로소 믿기 힘든 일을 겪었다는 생각이 들었다. 어떻게 그들은 말 한마디 못하면서 이 낯선 땅에 왔을까, 의아하지 않을 수 없었다. 아니, 낯선 땅에 있는 게 그들인지 우리인지도 확실치 않았다. 그렇게 우리는 말없이 한동안 서 있었다. 이상하게 홍과 함께 있으면 늘 생각지 못한 일을 겪게 됐다. 홍에게는 이방인들을 발견하는 능력과 그중에서도 꼭 도움이 필요한 사람을 찾아내는 능력이 있었다. 홍이 찾지 못하면 그들이 홍에게 다가와 도움을 청했다. 한번은 버스에서 한 흑인 남자가 자신이 내리려는 정류장에 대해 물었다. 홍은 정류장을 알려주고 나서 거기엔 왜 가려고 하느냐고 물었다. 그러고는 짧은 시간 동안 이 땅에 온 지 얼마 되지 않은 이방인이라면 해결해야 할 급한 문제며 해결 방법까지 알려주었다.

홍과 비슷한 능력이 지연에게 있었다.

지연은 고객 응대를 빠릿빠릿하게 잘했다. 눈치도 빨라서 한 번 말하면 바로 알아들었다. 살면서 그렇게 많은 고양이들이 주변에 있는지를 알게 된 것도 지연 때문이었다. 거리의 개나 고양이를 용케도 찾아냈다. 나중에는 은행 건물 근처의 유기된 동물들까지 챙겼다. 다들 꽁꽁 숨어 있다가 지연 앞에서 모습을 드러냈다.

"어떻게 그렇게 잘 볼 수 있는 거야?"

내가 물으면 지연은 답했다.

"언니, 한번 보이기 시작하면 계속 보이게 돼요."

"내 눈에는 보이지 않는데?"

"언니도 참!"

"참 뭐?"

"참 귀엽다고요."

그게 칭찬이 아니라는 건 알아들었다. 지연은 당돌하고 당찼다. 먼 나라로 가고 싶다고 줄곧 말했다. 말만 하다 말 줄 알았는데 정말 열심히 준비해서 유학을 갔다. 꼭 내 일처럼 기뻤다. 내가 아는 동료 중 네가 가장 성공한 거라고 말해주었다. 가서 이 거지같은 나라로는 돌아오지 말라고 하자 지연은 말했다. 언니도 참!

예상대로 그날도 방문자들은 늘 가던 식당에서 점심을 먹었다. 하천 앞에 늘어선 식당 중 하나였다. 여러 식당 중 그 식당을 굳이 가는 건 반찬이 깔끔한데다 많을 때는 열 명이 넘는 방문자들이 여유롭게 앉을 수 있는 방이 있어서였다. 홍은 식당 테이블들을 가로질러 방으로 들어갔다. 나도 그를 따라 신발을 벗고 들어섰다. 문지방 안으로 발을 딛자 바닥이 그대로 가라앉을 것처럼 푹 꺼지는 느낌이었다. 좌식 테이블에 사람들이 자리를 잡고 앉아 있었다.

은행에서 점심시간과 퇴점 직전에 고객이 가장 많았다. 직원들은 교대로 밥을 먹었고 따라서 별일이 없으면 언제나 혼자 밥을 먹어야 했다. 내 점심시간은 열두시 오십분부터 한시 이십분까지였다. 그 시각을 넘기면 다음 직원의 점심시간도 늦어지니까 다 먹지 못해도 시간 안에 일어서야 했다. 보통 직장인들의 점심시간이 어떤지 모르겠지만 우리는 그 짧은 틈에 점심을 먹고 난 다음 작은 회의실에 쪼그려앉아 휴대폰을 보거나 잠깐 눈을 붙였다. 답답하면 건물 옥상에서 잠깐 바람을 쐬는 게 다였다. 그에 비하면 방문자들과의 점심시간은 화기애애했다. 바크가 밥값을 계산할 때면 방문자들은 '우리 사장님'이라고 불렀다. 그럴 때면 은행에서 일해온 십오 년 동안 느끼지 못했던 뭔가를 느꼈다. 같은 곳에 소속된 공동의 목표를 가진 사람들이라는 느낌이었다. 설령 생각은 다르더라도 같은 목표를 향해 움직이는 동료, 진짜 동료 같다는 마음이었다.

네 명이 앉을 수 있는 테이블 하나를 간신히 채우는 날도 있었고 세 테이블을 꽉 채워 식사하는 날도 있었다. 가끔 수녀나 목사,

면회 온 가족이나 지인들과 함께일 때도 있었다.

그날은 수용자 가족으로 보이는 낯선 여자가 테이블의 가장 끝에 앉아 있었다. 나는 그녀 바로 옆에 앉았다. 매끈한 갈색의 달항아리 같은 얼굴에 딱 붙는 치마 정장을 입었고 화장도 완벽했다. 작정한 듯 빈틈을 보이지 않는 차림이었다. 그녀가 풍기는 위화감 때문에 그쪽으로는 시선을 주지 않으려 애썼다.

첫 주문자부터 된장찌개였다. 바로 옆에 있던 사람도 된장찌개로 하겠다고 했고, 그다음 사람도 된장찌개, 결국 다 된장찌개로 통일이 됐다. 옆자리의 여자는 당황한 얼굴로 김치찌개를 먹겠다고 했다. 식당 직원은 곤란한 표정을 지어 보였다.

"김치찌개는 일 인분이 안 되는데."

일 인분이 안 되는 김치찌개가 문제가 될 일은 아니었다. 다른 메뉴로 바꾸면 그만이었다. 그런데 그녀는 의욕을 완전히 상실한 얼굴로 어깨를 늘어뜨렸다. 옆에 앉은 내가 재빨리 김치찌개를 먹겠다고 했다. 별것 아닌 호의에 그녀는 감사해했다. 목숨을 살려준 은인이나 되는 것처럼 여러 번 감사하다고 했다. 지나치게 감사하니까 별일 아닌 것이 별일인 것처럼 느껴졌다. 언젠가 된장에 거부감을 가진 외국인의 인터뷰를 본 적이 있었다. 왜 거부감이 드는지 묻자 마지못한 듯 똥이 생각나서라고 했던 게 떠올랐다. 그녀도 같은 이유일까 생각하니 그게 썩 유쾌하게 느껴지지는 않았다.

반찬들이 접시접시 놓이고 각자의 자리에 밥공기와 찌개까지 탁탁 놓였다. 그녀는 말없이 조용히 식사를 했다. 반도 먹지 못하고 식사를 마친 다음 누가 보기라도 할까봐 재빨리 밥공기 뚜껑을 덮었다. 제대로 먹지 못하는 그녀에게, 나는 내가 차린 음식도 아니면서 꼭 애써 차린 잔칫상을 다 남긴 손님에게 그러는 것처럼 서운한 마음이 들었다. 지연이 내 말을 들었다면 그랬을 것이다. 언니도 참!

식사를 마치고 모두 일어섰다. 그녀는 쉽게 일어서지 못했다. 다리가 저린데도 말을 하지 못하고 앉아 있었던 모양이었다. 나는 그녀가 일어설 수 있도록 손을 잡아주었다. 다들 나가고 난 뒤에야 그녀는 내 손을 잡았다. 그녀의 앙상하고 가느다란 두 팔이 몹시 떨렸다. 몸을 겨우 일으킨 다음 그녀는 작은 소리로 고맙다고 했다. 꼭 그래야 할 필요가 있다는 듯 다시 한번 고맙다고 말하고 내 손을 꼭 쥐었다. 우리에게 위로가 되는 한 끼가 그녀에게는 힘겨운 노동이었음을 나는 비로소 이해했다.

*

언니, 저는 지금 언니하고 같은 하늘 아래 있어요. 무슨 소린가 싶은가요?

귀국 소식을 전하지 못한 건 나도 그럴 줄 몰랐기 때문입니다. 비자에 문제가 생기는 바람에 귀국하게 됐어요. 한국에 두 달은 있다 가게 될 것 같아요. 그냥 내가 살았던 과거를 여행한 다는 기분으로 있으려고요. 그래서 언니에게도 미리 연락하지 않았어요. 꼭 내가 여기 완전히 돌아온 것 같은 생각이 들까봐. 여행자로 온 것처럼 나를 속이고 싶어요. 그러지 않으면 다시 그 먼 나라로 돌아가기 힘들 것 같아서요.

그렇지만 언니, 저는 오자마자 친구들을 만나고야 말았습니 다. 정말 친한 친구인데 자꾸 어디에 있냐고 뭘 하느냐고 꼬치꼬 치 문길래 만나지 않을 수 없었습니다. 친구들은 술을 마셔야 한 다고 했습니다. 그래서 술을 마셨는데 마시다 말고 다들 일어나 는 거예요. 시간이 됐다면서요. 시간이 됐다. 그건 대체 어떤 의 미일까요? 언니, 저는 그 의미를 곱씹다가 가장 늦게 술집을 나 왔어요.

어쩌면 헤이그로 돌아가지 못할지도 모른다는 생각이 들었습 니다. 와서 보니 고향이 좋더라, 하는 것은 아닙니다. 오히려 여 기는 내가 있을 곳이 아니라는 생각만 강하게 들었어요. 시간이 지나 돌아왔는데도 모든 게 다 끔찍할 정도로 그대로인 거예요. 가족들은 앞날을 생각해야 할 거 아니냐고, 제대로 된 직업이 있 어야 할 거 아니냐고, 그것도 아니면 결혼이라도 해야 할 거 아 니냐고 하고. 항상 내 편이던 엄마도 그래, 그게 네 길이면 가야 지, 하고 말했다가 갑자기 그 번듯한 은행 일을 쉽게 때려치우는 게 아니었다고 하고. 하나도 달라진 게 없고 나는 나이만 먹고. 언니, 저는 남들이 해주는 걱정의 말들이 싫습니다. 남들이 해주는 걱정에 파묻혀버리는 내가 싫습니다. 실은 그냥 여기서 비벼볼까, 하는 생각도 했거든요. 그런데 또 떠나야지, 싶은 거예요. 거기 있으면 여기 된장찌개가 그립고 여기 있으면 거기 와플이 그립고. 친구가 말한 시간이 됐다, 그 말은 그런 의미였던 거겠죠? 그런데 바로 그 순간 일이 터져버린 거예요.

너무 취해서 정신을 못 차리고 있었어요, 내가. 근데 어떤 사람이 나를 부축해줬어요, 고맙게.

술집들이 쫙 깔린 골목이었고, 어두웠고, 경사가 있고, 아무튼 그런 곳이었어요. 사람들은 계속 나를 스쳐가고 있었거든요. 누군가 내게 다가와서 괜찮냐고 물어봐주고, 다정하게 말을 걸어주고 걱정해주고 하니까 나는 또 울컥한 거예요, 언니. 그런데 뭔가 이상한 거예요. 이게 아니다 싶은 거예요. 내가 널브러져 있건 말건 지나쳐 가버리던 사람들의 시선이 온통 내게 쏠리면서 다 걱정스럽게 보고 있는 겁니다.

누군가 나를 붙잡아주고 부축해주니까 그제야 내가 보인다는 얼굴로, 깜짝 놀란 얼굴로. 단순하게 걱정스러운 표정이 아니라 한심해하는 시선과 위험을 알리는 신호, 다가가 말을 해줄까 말까 하는 망설임, 그 모든 게 뒤섞인 복합적인 거였어요. 그래서 이게 다 뭘까 했거든요. 무뎌진 감각들이 되살아나면서 나를 부축한 손의 따뜻함을 경계해야 한다는 생각이 순간 든 거예요. 고개를 들고 그 사람을, 그 남자를 봤거든요. 근데 남자가 까만 거예요. 온통 까만 거예요. 내가 놀라서 손을 뿌리치고 막 도망쳤거든요. 어두운 골목을 달려 큰길가로 나왔어요. 근데 갑자기 무서운 거 있죠. 뭐가 무서운 건지 생각해봤거든요. 내가 정신을 놓고 몸 하나 가누지 못한 것도 무섭고 낯선 사람이, 그것도 덩치가 큰 남자가 부축해줬다는 것도 무섭고 사람들이 그런 나를 위험한 상태라고 생각하면서 그냥 지나가버린 것도 무섭고 다 무서웠던 거예요. 아니 실은 나를 부축한 남자의 까만 얼굴이 준 충격이 가장 강렬했고 무서웠어요.

언니, 정말 이상하죠. 불과 며칠 전만 해도 피부색이 다르다는 이유로 몰이해와 편견의 눈총들을 맞고 있던 저였는데 이제는 내가 그런 사람이 된 거예요. 길거리에서 나를 보고 뭐라뭐라 고함을 치면서 웃어대는 남자애들 무리, 버스에 잠깐이라도 엉덩이를 붙이고 앉아 있으면 내게 일어나라고 하던 백인 아줌마들. 내 땅에 오니까 나도 내 땅에 사는 사람들과 똑같은 편견을 가진 사람이 된 거예요. 나는 그런 사람이 아닌데요. 내가 그런 사람이 아니라고 부정하는 건 내가 그런 사람이기 때문일까요.

다시 헤이그로 돌아가서 여기에서와 다른 나를 꿈꾸는 게 가능할까요. 애초에 떠난 것부터가 잘못된 걸까요. 그런데 언니, 갑자기 어떤 생각이 떠올랐어요. 이 땅이 전혀 불편하지 않은 사람도 있지 않을까? 하는 생각이요. 자신이 원하기만 한다면 이룰 수 있고 그래서 꼭 멀리까지 가지 않아도 되는 사람들, 그런 사람들도 있을 거잖아요.

언니, 가족들은 벌써부터 내가 그리울 거라고 말해요. 엄마는 다시 떠날 나를 위해서인지 몰라도 네가 네 길을 찾아서 기쁘다고 말해요. 아마도 언니, 나는 떠나게 될 것 같아요. 그런데 거기가 어딘지는 잘 모르겠습니다.

나나

여기는 파도 말고 아무것도 없다.

숙소 예약 앱에 적힌 후기 한 줄을 보고 나나는 마지막 여권 도장이 찍힐 곳을 결정했다.

아홉 시간 비행기를 탔다. 바다를 건너 국경선을 넘었다. 예약한 숙소가 있는 바닷가의 작은 마을에 도착했을 때 날은 어두워져 있었다. 불빛은 거의 찾아볼 수 없었다. 지도 앱으로 숙소의 희미한 간판 불빛을 간신히 찾았다.

나나가 머물기로 한 이 주 내내 비가 왔다. 뜨거운 물은 잘 나오지 않았고 침구에서는 시큼한 냄새가 났다. 밤은 무척이나 고요해서 나나는 잠든 다음에도 자신의 숨소리를 들을 수 있었다. 바닷가 산책을 나갔다가, 어미를 잃고 우는 새끼 고양이를 안고 돌아왔다. 품에 안긴 고양이의 옅은 숨소리를 나나는 듣고 또 들었다. 며칠이라도 더 돌봐줄 마음을 먹고 일단 돌아가는 비행기표를 취소했다.

나나는 고양이를 가슴에 안고 매일 바닷가로 산책을 갔다. 파도 옆에 바짝 붙어서 걷는 게 좋았다. 한동안은 지나가는 날짜를 세다 어느 순간 세지 않게 됐다. 고양이가 제법 커서 무거워졌을 때는 두 달이 훌쩍 지나 있었다. 산책 나갔다 돌아오는 길에 카페에 들렀는데 청바지 뒷주머니에 찔러넣어두었던 파우치가 없다는 걸 깨달았다. 그 안에 돈과 신용카드가 다 들어 있었다. 나나는 숙소로 돌아가 아래층에 묵고 있는 샤샤에게 도움을 청했다.

샤샤는 장기 투숙자였고 밝고 꾸밈없는 러시아 여자였다. 말을 먼저 걸어온 사람도 샤샤였다. 둘은 영어로 어설프게나마 대화를 했다.

샤샤와 나나는 해변을 다 뒤졌지만 파우치를 찾을 수 없었다. 날은 어두워졌고 때마침 비까지 내려 숙소로 돌아와야 했다. 샤샤는 나나가 카드 분실 신고를 할 수 있게 도와줬고 방세를 내지 못하게 된 나나에게 자신의 소파를 내주었다. 그날 밤 둘은 술을 마셨다. 샤샤가 보드카를 땄고 나나가 술병을 바닥냈다. 시작은 샤샤가 했지만 끝은 나나가 봤다. 나나는 혼자 울다가 웃다가 소리를 지르다가 노래를 불렀다. 울면서 잠이 들었다. 잠을 자면서도 울었다. 파우치를 찾더라도 현금은 찾기 어려울 것이었고 카드를 재발급받을 수도 없었다. 실은 남은 돈도 바닥이 났다.

"도와달라고 할 사람 없어?"

샤샤는 다음날 나나에게 물었다.

"뭘 도와달라고 하지?"

나나는 되물었다.

"우선 돈을 보내달라고 해야지. 돌아가려면."

나나는 생각해보겠다고 했다.

그다음날 일을 나가면서 샤샤는 아직도 생각중이냐고 했고 나나는 그렇다고 했다.

"가족 없어? 남자친구나 친한 친구는?"

샤샤의 질문에 나나는 패닉에 빠진 표정이었다. 도와줄 한 사람만 있으면 됐는데 그 한 사람이 없었다. 엄마는? 샤샤가 물었다. 나나는 엄마가 심장이 약한데 그런 엄마에게 무리를 주는 일을 하고 싶지 않다고 했다. 게다가 나나의 엄마는 저장된 번호가 아니면 결코 전화를 받지 않는 사람이었다. 문자를 하면 되지 않냐고 샤샤가 말했지만 나나는 대답하지 않았다.

샤샤는 사정을 알겠다는 듯 오케이, 하고 고개를 끄덕였다. 샤샤는 열일곱 살에 임신을 했고 아무도 원치 않는 아이를 낳았다. 도와줄 사람이 누구 하나라도 있었다면 여기 이렇게 먼 곳까지 오지는 않았을 것이다.

첫날 이후 나나는 꼭 필요한 경우가 아니면 말을 하지 않았다. 샤샤가 보는 앞에서 옷도 갈아입지 않았다. 잠을 잘 때도 긴팔 옷을 입었다. 샤샤가 일을 나가고 나면 샤샤의 어린 아들과 지냈다. 노래도 부르고 영어 동화책도 읽어주었다. 몰아치는 파도 앞에서 구한 새끼 고양이와 함께.

하루는 샤샤가 나나의 캐리어 안에 둘둘 말려 있는 커다란 약봉지를 보고 놀라서 물었다.

"어디 몸이 안 좋아? 무슨 죽을병에라도 걸려서 온 거야?"

샤샤는 최악의 상황까지 떠올린 얼굴이었다. 자신의 방에서 나나의 주검을 발견할지도 모른다는.

불면, 소화불량, 알레르기성비염, 부비동염, 두드러기. 나나는 자신의 병명을 하나하나 말했다.

"다 심각하고 괴로운데 죽을병은 아니다."

샤샤는 병명을 알아듣지 못해도 그 약들 중 하나라도 없으면 나나가 한 줌 먼지가 되어버릴 사람이라는 건 이해했다.

"지금은 괜찮아. 다 비상용으로 가져온 약이야."

나나는 혼잣말을 하듯 말했다.

"여름밤에는 더워서 두드러기가 더 잘 올라온다. 징그러운 기분이 들어서 미치는 줄 알았다."

나나는 약 뭉치를 캐리어 깊숙이 넣었다. 댓츠 올라잇. 걱정할 것 없어. 옳는 거 아니니까.

"원치 않는 접촉 있었던 거구나? 그랬던 거지? 내 친구도 그랬어."

샤샤의 말에 나나의 표정이 어두워졌다.

"그런데 떠나오니까 아픈 게 거짓말처럼 사라졌지?"

나나는 깜짝 놀랐다. 그렇구나, 그런 거구나. 그래야 하는 거구나.

나나가 샤샤의 소파에서 잠을 잔 지 한 주가 지났을 때였다. 샤샤는 비행기푯값도 벌 겸 자신이 일하는 식당에 와서 며칠 일을 해보지 않겠느냐고 했다. 주방에서 설거지를 하고 잡일을 도우면 된다고 했다. 공짜로 먹고 자고 하는 처지라 거절을 할 수 없었다. 막상 샤샤를 따라 가보니 여자를 끼고 술을 마시는 곳이었다. 그리고 하필 그날 경찰 단속이 있었다. 나나는 여자들과 함께 연행됐다. 열심히 상황 설명을 했지만 누구도 들어주려 하지 않았다. 하룻밤이 지나고 나서, 철창 사이로 나나의 이름이 불렸다.

나나는 위압 속에서 구타를 당한 뒤 승합차에 올랐다. 차는 두 시간 넘게 해안의 외곽 도로를 달려 그녀를 전혀 다른 세계로 데려갔다.

떠밀려 들어간 건물에서는 온통 화난 얼굴들과 만났다. 눈을 맞추는 법도 없었다. 흰 제복을 입은 여자가 나나에게 옷을 갈아입게 했다. 그녀가 내민 비닐봉지에 나나는 입고 있던 옷을 벗어서 넣었다. 땀에 절어서 벗어던지고 싶었던 속옷은 그대로 입고 있어야 했다. 나나는 자신이 무슨 일을 당하고 있는지, 그들이 왜 무섭게 구는지 납득할 수 없었지만 딱딱하고 냉랭한 얼굴을 마주보고 따질 자신이 없었다. 그래서 그냥 받아들이기로 했다.

흰 제복 여자를 따라 복잡한 미로 같은 복도를 걸었다. 철창으로 된 문을 여러 개 지나 어떤 문 안으로 나나는 떠밀렸다. 긴 테이블 너머 군대 내무반처럼 생긴 마루 위에 여자들이 무리지어 앉아 있었다. 피부색만 다를 뿐인 여자들이 똑같은 영문자가 새겨진 파란색 옷을 위아래로 입고 있었다. 나나는 그들과 최대한 떨어져 앉았다. 이가 들어갈 것 같지도 않은 딱딱한 빵 한 조각과 찐 계란, 시든 양배추가 그날의 처음이자 마지막 끼니였다. 나나는 식판을 깨끗하게 비웠다. 며칠 지나지 않아 계란에서 나는 구린내를 견딜 수 없게 됐지만 첫날은 그런대로 괜찮았다. 허기가 가시자 졸음이 쏟아졌다. 겨우 잠이 들었지만 취침 점호 때 깼다. 점호를 하고 나자 잠이 오지 않았다. 여기가 어딘지, 얼마나 있게 될지 아무도 말해주지 않았다. 방안에 있는 사람들과는 전혀 말이 통하지 않았다. 게다가 다 끼리끼리였다. 말이 통하지 않아도 눈빛은 통한다는 속설은 헛소리였다. 말이 통하지 않으니 아무것도 통하지 않았다.

잠이 들었다 깼다 하다 자신이 땅속에 묻혀 있는 꿈을 꿨다. 땅

위에 도로가 깔리고 차들이 지나갔다. 차바퀴에 몸이 깔리는 기분
이었다. 나나는 벌떡 일어나 철창을 두 손으로 잡고 흔들었다. 전
화를 걸게 해달라고 복도에 대고 소리쳤다. 아무런 반응도 없었
다. 나나는 아이처럼 울음을 터뜨렸다. 엉엉 소리 내서 울었다. 철
창문이 열렸다. 등뒤에서 누군가 그녀의 어깨를 잡더니 전화카드
를 건넸다. 나나는 문을 열어준 제복의 여자를 따라 복도 끝에서
코너를 돈 다음 낮은 선반에 놓인 공중전화를 발견했다.

샤샤는 기다리고 있었던 것처럼 바로 전화를 받았다.

"나나, 지금 어디야?"

샤샤는 경찰이 나나의 캐리어와 물건들을 가져갔다고 했다. 그
래서 나나가 추방당했다고 생각했노라고 했다. 나나는 어디에 있
는지 알려주고 싶었지만 자신도 알지 못했다. 샤샤의 목소리를 듣
는 것만으로도 안심이 됐다.

아침식사를 마치자 사람들이 하나둘 어딘가로 불려갔다 돌아
왔다. '인터뷰'라는 말이 오고가는 걸 듣고 자신에게도 차례가 오
겠구나 싶었다. 그러나 날이 어두울 때까지 그녀의 이름은 불리지
않았다. 마지막으로 인터뷰를 하고 돌아온 여자를 붙잡고 다음 인
터뷰가 언젠지 물었다. 그녀는 일주일 뒤에나 있을 거라고 했다.
나나는 바깥을 향해 소리를 질렀다. 아무도 놀라지 않았다. 옆에
서 누군가 어깨를 두드려줬다. 힘들지? 다들 그래, 뭐 그런 의미인
듯했다.

나나는 꼬박 일주일을 기다려 매니저와 인터뷰를 할 수 있었다. 매니저는 오십대 후반으로 인상 좋아 보이는 여자였다. 나나는 자신이 얼마나 갇혀 있게 될지, 재판을 받게 되는 건지, 그게 언제가 될지 알고 싶었다.

"우리는 너를 가둔 게 아니다."

푸근한 인상의 매니저가 깜짝 놀라 고개를 저었다.

"그럼 나갈 수 있어?"

"언제든."

"그럼 지금 나가도 돼?"

나나는 금방이라도 일어나 나갈 듯 엉덩이를 들었다.

매니저의 얼굴이 굳어졌다. 앉으라는 손짓을 해 보였다.

"날 가둔 게 아니라면서?"

매니저는 그렇다고, 아무것도 걱정할 게 없다고 했다. 나나가 비행기표 살 돈을 구하면 표는 그들이 끊어준다고, 여권도 휴대폰도 돌려준다고 말했다.

"언제든 돈이 준비되면 우리 스태프에게 말만 해라."

매니저가 말하는 스태프란 복도를 돌아다니면서 고함을 치고 철창 안 사람들을 사람이 아닌 듯 바라보는 이들을 의미했다. 그러니까 나나가 비행기를 타고 이 나라를 떠날 때까지는 붙잡아두겠다는 의미였다.

나나는 휴대폰, 여권을 모두 빼앗겼지만 주머니에 들어 있던 얼마 되지 않는 현금과 동전은 돌려받았다.

스태프에게 돈을 주고 전화카드 한 장과 감자 스낵 두 봉지를 샀다. 전화카드를 빌려준 여자에게 한 봉지를 건네고 샤샤에게 전화를 걸었다.

샤샤는 나나의 비자가 문제였다고 했다. 오버 스테이. 나나가 비자 연장을 하지 않아 불법 체류자가 됐다고 했다.

"그런데 나나가 본명이 아니었어?"

샤샤가 물었다.

"속이려던 건 아닌데……"

나나는 말했다.

"비자에 적힌 이름으로 불리고 싶지 않았다. 여기서는 그게 내 이름 같지 않았어."

"네가 불법이라서 가게 영업도 불법이 됐다."

샤샤는 히스테릭하게 말했다. 중간에 연장 신청만 했어도 이런 일이 없었을 거라고 했다. 나나는 계속 몰랐다고, 미안하다고 했다.

"가게는 벌금이 나오고 영업정지까지 당했다."

가게가 다시 문을 연다고 해도 자신을 받아줄지 모르겠다고 샤샤는 말했다. 아무튼 지금은 다른 일을 알아보고 있다고 했다. 일자리가 생기면 나나의 비행기표 살 돈을 마련해보겠다고 했다. 그러나 이틀 뒤 통화할 때는 조금 다르게 말했다. 자신이 언제 일을 구하게 될지도 모르겠고 아이도 돌봐야 해서 언제 돈을 마련할지 알 수 없으니 부탁할 만한 사람을 찾아보는 게 좋겠다고 했다.

"없어."

나나는 바로 앞에 샤샤가 있는 것처럼 고개를 저었다.

전화를 하면 받아주고 들어줄 가까운 친구는 있었다. 그러나 돈을 부탁할 친구는 없었다. 그 부탁을 하려면 자신이 어디에 있는지, 왜 여기까지 왔는지 자세하게 말해야 했다. 나나는 다시 한번 고개를 저었다. 뭐하러 그렇게까지…… 여기서 끝내고 말지. 어차피 마지막이라고 생각하고 떠나온 여행이었다.

사흘 뒤 매니저와 다시 인터뷰를 했다. 나나는 어떻게든 표를 구할 방법을 알아보겠다고 했다. 빨리 표를 구해서 떠나겠다고 했다. 그러니 여기서 나가게만 해달라고 했다.

머릿속으로 대화 상황을 그려볼 때는 매니저가 자신의 말을 들어줄 수밖에 없었고 대화는 항상 나나에게 유리하게 전개됐다. 막상 매니저를 만났을 때는 예상과 다르게 흘러갔다. 매니저는 나나를 내보내줄 수 없다고 했다. 그건 절대 변하지 않을 거라고 했다. 여기에 있으면서 돈을 구할 방법을 생각해보라고 했다.

"여기가 안전해."

매니저가 말하는 안전이 무슨 의미인지 나나는 알지 못했다. 왜 자신을 두고 '안전'이라는 말을 쓰는지도.

텔레비전에서 흘러나오는 알아들을 수 없는 말들로 종일 방이 시끄러웠다. 눈을 감으면 소리가 못처럼 뾰족하게 눈을 찔러댔다. 그러나 결국 적응이 됐다. 텔레비전을 멍하니 쳐다보고 있게 됐다. 드라마를 보면 주인공이 누군지 알게 됐고 예능 프로를 보면 어떤 룰로 돌아가는지도 알게 됐다. 텔레비전을 보다 웃기도 하고 울기도 했다. 어쩐지 마음은 평화로웠다. 새벽마다 복도 어딘가에서 들려오는 흐느낌에도 동요하지 않고 무감각해졌다. 하루는 점호로 시작해서 점호로 끝이 났다. 아침을 먹고 나면 점심때를 기다리고 점심을 먹고 나면 저녁때를 기다렸다. 저녁을 먹고 나면 취침 점호를 기다렸다. 배가 고파서가 아니라 기다릴 다른 뭔가가 없어서였다. 무엇보다 하루 삼십 분 주어지는 운동 시간을 기다렸다.

수용자들은 교대로 세 번에 걸쳐 운동장으로 나왔다. 보통은 남녀 구역이 분리됐지만 그들이 마지막 그룹이라 그런지 운동장에서만은 예외였다. 남자들은 낡은 축구공에 발을 한번 대보기 위해서 열심히 달렸다. 반면 여자들은 차양 아래에 꼼짝하지 않고 앉아 있었다. 나나가 늘 앉아 있는 곳에서는 차양 너머로 하늘이 보였다. 나나가 평생 봐왔던 하늘이 아니었다. 해가 비추는 각도가 달라서인지 하늘의 색깔이 달랐다. 시간도 다르게 흘러가는 느낌이었고 어떻게 흘러가도 괜찮을 것 같은 느낌이었다. 완전히 다른 세상의 문을 열고 들어선 느낌이 들기도 했다. 홀로 고요하게 숨을 쉬는 그 짧은 순간 나나는 누군가 가둔다고 해도 인간에게는 태어날 때부터 존재하는 자유가 있음을 어렴풋이 깨달았다.

두 주를 보내고 셋째 주가 시작됐을 때였다. 나나는 처음으로 운동장 주위를 빙 돌며 걸었다. 덩치 큰 남자가 따라 걷기 시작했다. 나나는 놀라서 비명을 질렀다. 그녀는 팔짱을 낀 채 빠른 걸음으로 입구 철창을 향해 도망치듯 달려갔다.

다음날 나나가 차양 아래 앉아 있을 때 한 남자가 영어로 인사를 했다. 남자는 갈색 얼굴에 덩치가 컸고 배가 나왔다. 전날 그녀를 따라왔던 남자였다. 전날의 일로 놀란 건 그녀만이 아니었다. 그 역시 놀랐는지 팔을 뻗어도 손이 닿지 않을 거리만큼 떨어져서 말을 걸어왔다. 그는 자신을 알이라고 소개했다. 알은 전에 같이 일했던 사람이 나나와 같은 나라 사람이라고 했다. 그래서 나나를 보고 반가웠노라고 했다.

"넌 여기 들어온 지 얼마나 됐지?"

나나는 물었다.

"육 개월."

알은 말했다.

그렇게나 오래 있을 수 있다는 걸 알고 나나는 놀랐다.

왜 떠나지 않는 거냐고 묻자 알은 아내가 있고 아들이 있고 또 젖먹이 어린 딸이 있다고 했다. 그 말을 하면서 알의 눈이 빨개졌다.

알은 나나에게도 진정서를 넣어보라고 했다. 그게 밖으로 나갈 수 있는 유일한 방법이라고 했다.

"내가 왜?"

"너, 문제가 있는 거잖아. 아니야? 아니면 벌써 돌아갔겠지."

"했다가 안 되면 어쩌지?"

"그럼 뭐? 너를 더 오래 잡아두기라도 할까봐?"

"다 영어로 써야 하는 거 아냐? 지금 이렇게 너랑 말하는 것도 겨우 하는데 문장은…… 자신 없다."

나나는 고개를 저었다.

하룻밤이 지나 다시 알을 만났을 때 나나는 물었다.

"진정서를 어떻게 쓰면 돼? 누구 날 도와줄 사람은 없을까?"

알은 그녀가 진정서를 쓰면 영문으로 옮겨줄 사람이 있다고 했다.

"누구?"

"말했잖아. 너와 같은 나라에서 온 사람이 있다고. '코리안'이라고."

알은 그녀의 신상에 대해 알려달라고 했다. 그가 면회를 올 수 있도록.

나나는 모르는 사람을 만나는 게 내키지 않았다. 그러나 알은 편지를 우편으로 주고받는 것보다 빠르지 않겠냐고 했다.

"그 친구 이름은 초이야."

"최?"

"응, 초이."

하루도 지나지 않아 면회 요청이 왔다.

면회실은 방마다 모두 유리로 되어 있었다. 유리문 안쪽과 바깥이 서로 잘 보이게 투명했다. 나나는 복도에 서서 투명한 방마다 앉아 있는 사람들을 봤고 그를 바로 알아봤다. 그는 검은 뿔테 안경을 쓴 하얗고 마른 남자였다. 나나보다 서너 살 정도 많아 보였다. 나나가 그를 알아봤던 것처럼 그도 나나를 한눈에 알아봤다. 그가 나나에게 손짓을 하면서 일어섰다. 그녀는 그가 앉아 있는 면회실을 지나쳐 복도를 죽 걷다가 더이상 면회실이 없는 걸 확인하고 마지못한 것처럼 돌아서서 그가 있는 면회실 안으로 들어왔다. 그녀도 자신이 왜 그랬는지 몰랐다. 여유 있는 것처럼 보이고 싶었는지 아니면 이중으로 된 유리벽을 사이에 두고 같은 나라 사람과 마주앉는 것이 두려웠는지 알 수 없었다. 그와 마주앉고 나니 고국, 내 나라, 그런 단어를 지금까지 몰랐다가 처음 알게 된 것 같았다. 그게 나나에게는 끔찍한 말들이 됐다.

최가 인터폰을 들었고 그녀에게도 들라는 듯 손가락으로 수화기를 가리켰다. 그녀는 마지못해 수화기를 들었다.

"있을 만해요?"

그가 물었다. 그녀는 고개를 끄덕였다.

"무슨 말이든 좋으니까 해보겠어요?"

"안녕하세요."

나나는 말했다.

"네, 안녕하세요."

최가 대답했다.

그 순간 그녀는 멍하니 굳어버렸다. 둘은 한동안 어색하게 서로를 바라보기만 했다. 아니 시선을 맞추지 못했다. 먼저 침묵을 깬 건 최였다. 그는 나나가 진정서를 써서 주면 영문으로 번역을 해주겠다고 했다.

알과 동료였다고 하던데, 하고 그녀가 묻자 최는 당황하면서 그건 아니라고 했다. 알은 택시 기사였다. 자신이 근무하는 호텔에 자주 왔었고 어쩌다보니 말을 주고받고 하는 사이가 됐다고 했다.

더이상 할말이 없었다. 잘 가시라고 인사를 하고 자리에서 일어서려는데 최가 무슨 생각이 났는지 유리벽을 톡톡 두드렸다. 그러고는 말없이 나나를 봤기 때문에 나나도 말없이 그를 봤다.

"맨 처음으로 원숭이를 해부한 고대 로마인이 있었대요. 그 사람이 해부를 하고 처음으로 한 말이 뭔지 알아요?"

"뭔데요?"

"사람의 목소리는 심장에서 나온다."

그는 수화기를 고쳐 쥐고 그녀를 바라봤다.

"그 로마인이 말한 사람의 목소리라는 건 모국어겠죠."

나나는 수화기를 쥔 채 처음으로 그의 눈을 제대로 봤다. 표정을 풀고 미소를 지었다.

나나가 부른다고 스태프가 당장 달려오지는 않았다. 철창에 온종일 달라붙어 스태프가 지나가길 기다려야 했다. 스태프가 다가와 나나의 간절한 눈빛과 마주했을 때를 놓치지 않아야 했다. 나나는 말했다. 편지를 쓰고 싶다, 페이퍼를 사겠다.

종이 다섯 장과 펜이 나나의 손에 들어오는 데 한나절이 걸렸다. 취침 점호 전에 스태프가 와서 펜을 가져갔다. 글쓰기는 중단됐다. 다음날 다시 스태프가 지나갈 때까지 기다려야 했다.

나나는 오해와 불운, 자신의 무지로 불법체류하게 된 경위를 시시콜콜 적었다. 지금 돈이 한 푼도 없으며 연락이 닿을 만한 가족도 없다, 다니던 회사를 그만둔 뒤로 줄곧 혼자였음을 설명하는 글을 열심히 적어 빈 종이를 메웠다. 여기서 만난 친구들이 밖에 있고 그들의 도움을 받기 위해서는 일단 나가는 방법밖에 없음을, 무엇보다 자신이 결코 위험한 사람이 아니라는 걸 구구절절 써내려가 에이포 용지 다섯 장을 다 채웠다. 다음 면회 때 나나는 자신이 적은 글을 최가 받을 수 있도록 스태프에게 건넸다. 최는 영문으로 작성한 진정서를 나나의 이름으로 담당 기관에 제출했다.

다음날부터 나나는 답장이 오길 기다렸다. 철창 밖에서 스태프가 자신을 부르지 않을까 기다렸다. 그녀가 기다리는 게 또 있었다. 늘 같은 시기면 어김없이 찾아오던 생리혈이었다. 나나는 자신의 몸에서 어떤 일이 일어나는지 알지 못해 불안했다.

"남자와 잔 게 언젠데?"

수화기 너머로 샤샤가 물었다.

"몰라. 언젠지도 모르겠다. 여기에 와서는 아니다."

"그럼 아니지, 아니다."

"아니겠지?"

"대체 왜 그런 걱정을 하는데?"

"그냥 늘 걱정이 돼."

"그 마음 안다. 나도 그렇긴 하다."

샤샤가 히스테릭하게 웃었다.

"술 마셨니?"

"응, 조금."

샤샤가 또 웃었다. 갸르릉 소리가 났다. 수화기 너머로 가만히 그 소리를 들었다. 품에 안은 고양이의 숨소리를 들으며 걷던 시간들이 떠올랐다. 그러자 갸르릉 소리 너머로 파도 소리가 들리는 것 같았다.

"고양이 아직 있네."

나나가 말했다.

"그럼. 네가 없다고 내가 고양이 버렸을 줄 알았어? 너무하네."

"아니…… 그건 아닌데. 왜 생리를 하지 않을까?"

"그럴 때가 있잖아."

샤샤가 말했다.

"아니, 나는 달라."

나나는 상심해 말했다.

"날짜가 밀린 적이 한 번도 없었거든."

하루종일 비가 왔다. 빗소리도 못 듣고 비의 냄새도 맡을 수 없었지만 비가 오고 있었다. 비가 오는 날이면 운동장에 나가지 못했다. 통제가 어렵기 때문이었다.

나나는 거대한 가습기 같은 방 안에서 숨을 죽였다. 사흘을 방 안에만 있다 밖으로 나간 날, 알은 혼자가 아니었다. 알의 몸집의 반도 안 되는 가냘픈 몸피의 남자가 옆에 붙어 있었다. 귀밑머리가 하얬다. 그런데 알과 또래라고 했다. 이름은 칸이었다. 칸은 코가 넙적하게 가로퍼져 있고 콧방울도 컸다. 얼굴은 작고 검고 두 눈은 무섭도록 반짝거렸다. 마당에 나갈 때마다 나나는 붙어 있는 둘을 봤다.

알은 칸의 나라가 전쟁중이라고 했다. 그래서 난민 신청을 했고 재판을 기다리고 있다고 했다.

나나는 최가 면회 왔을 때 알의 안부를 전하면서 칸에 대해서도 말했다. 그러나 언제든 부서져서 먼지가 될 것 같은 몸, 고통으로 일그러진 얼굴로 짓는 웃음에 대해서는 말하지 않았다. 칸이 난민 신청을 했다는 말도 하지 않았다.

최는 진정서가 기각되면 자신이 돈을 마련해보겠다고 했다. 그래도 되겠느냐고 물었다. 나나는 한두 푼도 아니고 그렇게까지 폐를 끼치고 싶지 않다고 했다.

"집으로 돌아갈 거 아니에요?"

그는 물었다.

"돌아가야죠."

그러나 그는 나나의 말을 믿는 것 같지 않았다.

"이건 별로 중요한 게 아니긴 한데," 라면서 말끝을 늘였다. 그냥 맘에 걸려서 물어보는 거라고 했다.

"샤샤라는 사람 따라 가게에 갔을 때요. 원피스로 갈아입었다고 썼던데……"

"흰색 티셔츠하고 바지를 입고 갔어요. 가서 갈아입었어요."

"왜 갈아입은 거예요?"

최는 질문을 하면서도 질문을 하는 자신에게 당황하고 있었다.

나나는 그게 유니폼이라고 생각했노라고 했다.

최는 알았다고 했다. 신경쓰지 말라고 했다.

"이런 말은 조심스러워서 하지 않았는데, 돈을 버는 것도 내 나라, 힘든 일이 있어도 내 나라, 내 나라에 가서 하는 게 쉽고 빠르지 않겠어요?"

말을 마치고 무슨 생각이 스쳤던 건지 최의 표정이 미묘하게 달라졌다. 그 표정을 바라보는데 나나는 그의 목소리가 아직도 그의 심장에서 나오고 있는 건지 궁금했다. 나나는 그의 다음 면회를 거절했다.

"전쟁이 나면 생리를 안 하기도 한대. 일 년, 이 년, 아니 오랫동안."

샤샤는 진지하게 말했다.

"정말? 그런 말은 못 들어봤는데?"

"그런 말은 하지 않지. 누가 들어주기나 하겠어? 무려 전쟁중인데. 죽고 사는 문제가 아니잖아. 아무튼 그렇대. 나도 어디서 들었어."

"어디서?"

"몰라. 어디선가."

"놀랍다."

"놀랍지?"

나나는 전화를 끊기 전 샤샤에게 임신 테스트기를 보내달라고 했다.

"나는 아니라는 걸 알지만 혹시 모르니까."

"뭘 몰라? 누가 몰라?"

"내 자궁이."

며칠 뒤 스태프는 테스트기가 든 봉투를 나나에게 건넸다. 결과는 음성이었다. 다행히 샤샤는 테스트기만 보낸 게 아니었다. 생리대도 함께 보내왔다. 다음날 생리가 터졌다. 생리가 나오지 않은 건 생리대가 없어서였다.

"왜 넌 안 돌아가?"

알이 나나에게 물었다. 나나는 대답하지 못했다.

"넌 왜 안 돌아가?"

나나가 물었다.

알은 돌아갈 거라고 했다. 하지만 이대로 돌아갈 수는 없다고 했다.

"칸의 나라에서 내전을 치르고 있다는 건 알지?"

알은 말했다.

"알 거다. 칸이 늘 말을 하니까. 내전이 있기 전에 자기 차가 있었고, 자기 이름으로 된 아파트가 있었고, 양복을 입고 회사에 다녔고, 더 승진할 수도 있었고. 내전이 있기 전에."

지금 칸은 늘 조마조마해하고 불안해했다. 처음 이 나라에 왔을 때는 불꽃놀이에서 폭죽 터지는 소리를 수류탄이 터지는 소리로 듣고 식탁 밑에 숨어서 나오지 않기도 했다.

"칸은 늘 말한다. 지금 얼마나 조용하고 평화로운 곳에 있는지 우리가 여기 있으면서는 알 수 없다고."

지금 이 고요를 칸은 감사하게 생각한다고 했다.

"나도 그래……"

나나는 말했다.

"칸은 잠을 잘 때도, 기도하는 동안에도 두 눈을 부릅뜨고 있었대."

"나도야."

"기도라고 해봤자 얼마나 길게 하겠어? 그냥 담배 한 대 피우는 시간 정돈데 그것조차 두려워서 눈을 감고 기도하지 못했대."

알은 자신이 이대로 고향에 돌아간다면 칸과 다를 바 없다고 했다.

거기도 전쟁중이냐고 나나가 물었다.

포탄이 쏟아지고 그러는 건 물론 아니라고 알은 말했다.

"하지만 내가 돈도 없이 빈손으로 돌아가면 전쟁과 다름없는 일들을 겪게 될 거다. 나만 그런 거 아니고 내 아이들도."

한동안 소식이 없던 최가 면회를 왔다. 나나는 그의 면회 요청을 수락했다.

"나한테 화난 줄 알았는데."

나나가 말했다.

"난 또 나한테 화난 줄 알았는데요."

그의 표정이 밝아졌다.

그는 좋은 소식을 가지고 왔다고 했다.

그는 고향 친구에게 전화를 해서 나나의 가족을 찾아달라고 했다. 고맙게도 친구는 나나의 집까지 찾아가 엄마에게 사정을 설명했다. 엄마는 그렇지 않아도 그녀의 연락을 애타게 기다리고 있었다고 했다. 바로 돌아올 수 있게 돈을 보내주겠다고 했다는 말도 전했다.

나나는 자신에게 묻지도 않고 가족에게 연락한 것에 화를 냈다. 그는 당황해서 물었다.

"돌아갈 수 없는 이유가 있는 거예요?"

"무슨 소리예요?"

"사채를 썼거나 아니면 수배중이거나 그런……"

나나는 입을 다물었다.

그는 답답해했다. 나나가 왜 누구의 도움도 받지 않으려고 하는지 모르겠다고 했다. 지금은 돌아가는 게 답이라고 했다. 다른 방법은 없다고.

다음날 나나는 이층 상담실에 있었다. 상담사는 나나가 들어서자마자 수화기를 건네주었다. 나나가 수화기를 잡자 저쪽에서 여보세요, 하는 소리가 들려왔다. 나나가 여보세요, 하고 말했다. 수화기 너머에서는 아무 말이 없었다. 흐느끼는 소리만 들려왔다. 나나는 엄마가 수화기를 들고 있을 장소를 떠올려보았다. 주방 아니면 주방 옆 베란다일 것이었다.

처음엔 나나의 상사였지만 다음엔 가해자가 됐고 그다음엔 피고소인이 된 남자는 계속해서 나나에게 전화를 했다. 그녀가 전화를 받지 않자 그녀의 엄마에게 전화를 걸었다. 한 번만 봐달라고 부탁을 했고 실수였다며 사과를 했고 자신의 가정이 박살나는 꼴을 보고 싶냐고 협박을 했다. 그걸 감당할 자신이 있냐며 울부짖었다. 배상을 하겠다고도 했다. 한밤에 집으로 찾아와 문을 두드렸다. 그날 이후로 엄마는 모르는 번호로 오는 전화는 받지 않았다.

나나의 엄마는 자신이 살고 있는 도시, 아니 동네조차 거의 벗어나보지 않은 사람이었다. 그래서 다른 방법이 없다고 생각했을 것이다. 엄마는 그녀에게 고소를 취하하라고 울면서 말했다. 나나가 일하던 은행 영업점에 찾아가 지점장에게 물의를 일으켜 죄송하다고 고개를 숙였다. 그게 나나가 보복을 당하지 않고 직장에서 살아남을 유일한 방법이라고 엄마는 생각했다.

"살아남는 게 그렇게 중요한가?"

나나가 칸에게 물었다.

"중요하지."

"뭐가 그렇게 중요하지?"

가족도 없고 아는 사람도 하나 없는데 뭘 기대하고 살아남겠다고 하는 건가. 영어를 잘하지 못하니까 그렇게까지 구체적으로 물

어볼 수는 없었다. 그래도 칸은 그녀가 뭘 묻고 싶은지 아는 얼굴
이었다.

"죽는 게 큰일은 아니다."

칸은 말했다.

"나도 안다. 내 할아버지는 술을 마시고 거리에서 얼어죽었다.
다 어이없어했다. 그건 말 그대로 개죽음이었다. 그래도 시간이
지나면 잊고 산다. 그럴 수도 있구나, 그런 죽음도 있구나, 나도
그렇게 생각한다. 누구나 죽는다. 나도 그럴 거다. 하지만 지금은
아니다. 지금 이렇게는 아니다. 오늘은 아니다."

"왜?"

왜 오늘은 아닌지 그녀는 물었다. 왜 오늘은 안 되는지, 지금은
안 되는지 물었다.

칸은 말했다.

"원망과 슬픔만 안고 죽게 될 테니까. 나는 그러고 싶지 않다.
원망과 슬픔만 안고 죽을 수는 없다."

그녀는 깨달았다.

"그렇구나. 이대로 죽어서는 안 되는 거구나."

다음날 매니저가 다시 그녀를 불렀다.

"엄마와 통화는 잘 했어?"

"응."

나나는 턱 위쪽을 손으로 긁었다. 얼굴에 작은 붉은 반점이 생

128

겼다.

"왜 그래?"

매니저가 인상을 찡그리며 물었다.

"옮는 거 아니야. 내 캐리어에 약이 있어. 그걸 좀 갖다줄 수 있어?"

매니저는 알겠다고 했다. 갖다주겠다고 했다.

"그럼 이제 컴 백 홈?"

나나는 고개를 저었다.

"돌아가고 싶지 않아."

매니저는 이마에 손을 얹었다. 고개를 내저으며 정말 유감이라고 말했다.

다음날 매니저는 나나를 불렀다. 그녀에게 둘둘 만 약봉지를 건넸다. 이제 집으로 보내주겠다고 했다. 국고로 비행기 티켓을 끊어줄 수 있다고 했다.

나나는 생각해보겠다고 했다.

"생각할 게 뭐가 있어?"

매니저가 말했다.

"네가 입고 왔던 옷을 입고 캐리어를 끌고 집으로 돌아가는 거야. 공짜로. 그럼 아무 일도 없는 거지."

"난민 신청을 하고 싶다."

나나는 말했다.

"너는 여기서 불법으로 일했다. 너는 비자 연장도 하지 않았다. 하지만 그런 건 중요한 게 아니다."

매니저는 화난 얼굴로 말했다.

"그럼 뭐가 중요한데?"

"이건 협박이 아니다. 나도 같은 여자라서 하는 말이다. 너를 위해서 하는 말이다."

매니저는 앉은 자세를 바로 하더니 말했다. 나나가 알아들을 수 있도록 아주 천천히 반복해서 말했다.

"너희 나라에서 온 사람이 난민 신청을 하는 경우 없다. 단 한 번도 없었다. 나도 이런 경우는 처음이다. 뭐 그것 역시 중요한 건 아니다."

"그러니까 중요한 게 뭐냐고?"

"네가 난민 신청을 한다고 해도 절대 받아들여지지 않을 거라는 사실이지."

"왜지?"

"왜냐니. 난민으로 인정받으려면 네가 위험한 나라에서 와야 해. 그런데 네 나라는 박해 가능성이 전혀 없는 안전한 곳이다."

"안전?"

나나가 놀라 물었다.

매니저는 나나의 울긋불긋 반점이 올라온 얼굴을 보면서 달래 듯 말했다.

"몰랐어? 그걸 왜 몰랐어. 어느 나라보다 안전한 나라, 그게 당신들의 나라다."

이모나

1

탈라는 매일 매 순간 울었다. 탈라가 울면 세상이 다 울고 있는 듯했다. 탈라는 핏기 하나 없는 새하얀 얼굴에 양쪽 눈이 움푹 패어 있었다. 눈물로 눈가는 다 물러 터졌다. 핏줄도 터졌다. 모두가 그녀와 함께 지옥에 있는 기분을 느끼게 했다.

탈라의 울음소리는 낮밤을 가리지 않았다. 밤이 되면 탈라를 따라 우는 여자들이 있었다. 한목소리가 되어 울었다. 다른 방 여자들도 울었다. 흐느낌은 복도를 타고 흐르면서 계속됐다. 보통은 스태프의 욕설을 듣게 될까봐 조용조용 울지만 한순간 울음소리가 폭포를 이룰 때가 있었다.

하루는 같은 방의 중국 여자가 탈라에게 말했다. 옛날에 어떤 여자가 있었다. 만리장성을 쌓는 데 징발된 남편이 죽었다는 말을 듣고 성곽 아래에서 통곡을 했다. 열흘 만에 성곽이 무너지면서 남편의 유골을 찾았다는 거야. 참 대단하지 않아?

탈라는 중국 여자가 하는 말을 알아듣지 못했지만 그것이 자신을 향한 조롱이라는 건 알았다. 탈라는 악을 썼다. 악을 쓰면서도 눈물을 멈추지 않았다. 만리장성은 매일 무너졌지만 방법이 없었다. 누군가 그렇게 괴로우면 너희 나라로 돌아가면 될 거 아니냐고 했다. 그러면 그녀는 더 악을 쓰고 울었다. 방안 사람들은 물론 스태프들까지 골치 아파했다. 그녀가 하는 말을 알아듣는 스태프나 매니저는 없었다. 바크의 연락처를 알고 있던 매니저가 그녀를 한번 면회해주면 안 되겠냐고 부탁하기까지 했다. 그렇게 해서 바크는 탈라를 만났다.

이런 일에 도가 텄을 것 같던 바크도 크게 힘을 쓰지 못했다. 우는 그녀를 바라보는 것 말고 아무것도 하지 못했다. 심장을 울리는 울음소리가 면회실을 나와서까지 계속됐다.

탈라는 러시아에서 왔다. 그러나 탈라가 쓰는 말은 러시아어도 아닌 것 같았다. 내가 그 말을 하자 바크도 동의했다. 소수민족 언어 같다고 했다. 소수민족 언어는 한두 개가 아니었다. 흔히 쓰이는 것만도 백여 개 가까이 된다고 했다. 탈라가 울면서 쓰는 말이 어떤 언어인지 찾는 건 당장 우리에겐 불가능에 가까웠다.

두번째 면회 때 바크는 탈라에게 영어로 질문했다. 탈라는 영어를 거의 할 줄 몰랐다. 바크는 탈라가 더듬더듬 내뱉는 단어 하나하나를 끈기 있게 들었다. 마침내 탈라가 그곳에 들어오면서 지인에게 맡겨둔 베이비, 아기를 걱정하고 있음을 알았다.

베이비? 하고 묻자 탈라는 또다시 울었다. 하염없이 울었다. 면회실 안은 그녀가 울수록 더 큰 침묵이 흘렀다. 눈물로 축축한 눈은 꼭 흔들리는 젤리처럼 보였다. 바크는 면회하는 이십 분 내내 그 눈을 바라봤다. 눈물을 다 쏟아내자 탈라의 하얀 피부는 쪼글쪼글해졌다. 얼굴은 반쪽이 됐고 폭삭 늙어버렸다.

바크는 대체 무슨 사정이 있는지 정확히 알면 좋겠다고 했다.

아기에 대한 걱정 때문이 아니겠냐고 방문자들이 바크에게 말했다. 우리가 할 수 있는 일이 없다고, 너무 애쓰지 말라고 했다. 사정을 안다고 해서 당장 뾰족한 방법이 나오는 것도 아니긴 했다. 그렇게 당황해하고 무력해하는 바크를 보는 게 방문자들에게는 전에 없던 경험이었다.

"너무 우니까요."

바크는 말했다.

"탈라가 하는 말을 녹음해서 그 말을 알아듣는 사람을 찾아보는 건 어떨까요?"

"그러려면 휴대폰이나 녹음기가 있어야 하는데……"

면회실에는 휴대폰도 녹음기도 가지고 들어갈 수 없었다.

"주머니에 휴대폰을 넣은 걸 깜빡 잊고 면회실로 들어갈 수도 있지 않을까요? 기왕에 그렇게 된 거 탈라 말을 녹음하는 거죠."

"시시티브이는 어쩌고요?"

한 방문자가 물었다. 그러자 다른 방문자가 답답하다는 듯 말했다.

"그만큼 간절하다는 거겠죠."

바크가 그렇게 하지 않으리라는 건 다들 알고 있었다.

휴대폰을 면회실에 가지고 들어갔다가 알려지면 방문하는 일 자체가 어려워질 수 있었다. 그걸 바크가 모를 리 없었다.

바크는 러시아 영향권에서 많이 쓰는 다른 언어들이 있지 않냐고 했다. 아제르바이잔어, 카자흐어, 우즈베크어.

"한번 꽂히면 집요한 데가 있으신 것 같아요."

한 방문자가 말했다.

바크의 집요함이 머릿속 생각에서 그친 게 아님을 다음 방문 때 확인하게 됐다. 우리 앞에 새로운 얼굴이 나타났다. 다름 아닌 야신의 아내였다.

2

내가 지연을 만난 건 그녀가 헤이그로 돌아가기 일주일 전이었다.
약속 장소로 정한 정류장에 먼저 도착해 지연에게 전화를 했다.
언니, 하는 목소리가 더없이 다정했다.
이제 막 버스에서 내렸다고 했다.

검은 양산을 들고 챙이 있는 모자까지 쓴 채 중앙 차로 정류장
에 서 있는 지연을 봤다. 헐렁한 티셔츠에 마로 된 짧은 바지를 입
고 있었다. 유독 마른 몸을 지닌 그녀는 어떤 옷도 헐렁해 보이게
했다.

지연은 기진맥진해 있었다. 생리가 터졌다고 했다.

"이틀째예요."

그녀의 다정함은 힘이 없음에서 나온 것이었다.

평일 오후 세시, 우리가 찾아 들어간 쌀국숫집은 썰렁했다. 종
업원 두 사람이 나란히 앉아 휴대폰을 보고 있었다. 안쪽의 더 넓
은 자리로 가려고 하니까 그쪽으로 가면 안 된다고 했다. 손님 얼
굴을 바라보지 않았고 응대도 소극적이었다. 여기 사람 아닌 거
죠? 지연이 속삭이듯 말했다. 어떻게 자기 나라가 아닌 곳에서 일
을 하고 먹고살 수 있는지 궁금하다고 했다. 요즘은 그런 것들이
궁금하다고 했다.

"동포 비자라는 게 있더라고."

나는 말했다.

지연은 내가 어떻게 그런 것들을 알고 있는지 의아해했다. 나는 그냥 어떻게 알게 됐다고 얼버무렸다.

"언니, 말이라는 게 참 놀라워요. 진짜 내 동포로 보이네요."

지연은 새삼 나와 종업원 두 사람을 번갈아 바라봤다.

"그렇지?"

우리는 함께 웃었다.

우리는 주문한 쌀국수와 볶음밥을 깨끗하게 비워냈다. 썰렁한 분위기와 달리 주문한 음식은 모두 맛이 좋았다. 양도 많았다. 카페로 자리를 옮겨서도 우리는 전투력을 잃지 않았다. 엄청난 칼로리를 자랑하는 빵도 주문했다.

"언니, 트램을 타고 가면 바다가 나오거든요."

지연은 마디가 굵고 긴 손가락으로 영수증을 돌돌 말아 쥐면서 말했다.

"헤이그에 바다가 있어?"

내가 묻자 지연은 살짝 눈을 흘겼다.

"언니 제대로 안 봤구나. 내가 메일에 썼는데."

아무튼 바다가 바로 나타나는 건 아니고 트램에서 내려 걸어가야 하는데 그렇게 걷다보면 갑자기 불쑥 나타난다고 했다.

"내가 뛰어서 가면 바다도 뛰어서 나한테 오는 거예요."

지연은 헤이그의 노을이 아름답기로 유명하다고 말하면서 끊임

없이 두 손을 움직였다. 그게 신경이 쓰여서 나는 우리가 무슨 말을 하고 있는지도 잊을 지경이었다.

"한번은 해변을 돌아다니는 개를 본 거예요. 조금 이상하더라고요. 자기 몸에서 나온 털 뭉치를 등에 붙이고 다니는 거예요."

"왜 털을 붙이고 다니는데?"

"처리할 수가 없으니까. 머리가 어떻게 된 거죠. 그래서 어떻게든 놈을 데려와야겠다, 안 그럼 녀석이 죽겠다, 싶은 거예요."

"왜?"

"사람을 공격할 것 같았거든요."

그녀는 잠깐 말을 멈췄다가 덧붙였다.

"이빨을 드러내면 사람들이 가만두겠어요? 바로 죽여버리지 않겠어요? 그때 생각한 거예요. 내가 정신을 차리면 안 된다. 지금 내가 정신을 차리고 녀석을 데려오기라도 하면……"

지연은 먼 타국 땅에서 자기 몸 하나 건사하기 힘든데 정신 나간 개까지 맡는다면 어떻게 되겠나, 상상하니 암담했다고 했다.

"어디서나 네 눈에 들어오는 건 그런 거구나."

나는 감탄하며 말했다. 지연은 내 말에 의아해하면서 그게 무슨 소리냐고 했다.

"너 예전에도 길고양이들 챙기고 그랬잖아. 영업점 건물 뒤쪽에 고양이가 다닌다고 사료를 갖다놓고. 그랬다가 계장한테 혼이 나고, 그래도 꿋꿋하게 사료 주고."

"내가요?"

지연은 인상을 쓰더니 자신이 아니라고 했다. 자신이 아니고 서연이었다고 했다.

나는 당황했다.

둘은 같은 해에 입사를 했고 나이도 같았다. 이름도 비슷해서 두 사람을 헷갈려하는 행원들도 있었다. 똑같은 유니폼을 입고 헤어스타일도 비슷하고 그래서 그랬는지 생긴 것도 비슷해 보였다. 시간이 지나면서 행원들 사이에서 둘은 자주 비교 대상이 됐다. 지연은 일을 빠릿빠릿하게 잘했다. 빠른 시간 고객을 소화해냈다. 서연은 어떻게 은행원이 됐을까 싶었다. 만 명 정도 사람은 만나야 한 해가 갔다. 그런데 서연은 고객 대하는 걸 어려워했고 업무 속도도 늦었다. 온갖 사건 사고의 중심에 서연이 있었다. 게다가 뭐든 물불 가리지 않고 열심히 하기까지 했다. 그래서 더 인정받지 못했다.

"그게 서연씨였구나."

"네, 서연이었어요."

3

이름이 이모나라고 했다. 새하얀 얼굴에 차갑고 이지적인 인상을 풍겼다.

이쯤을 통해 야신의 아내 이모나와 딸아이의 사정을 알게 된 방문자들이 그녀를 찾아갔다. 한 방문자가 이모나가 사는 곳에서 가장 가까운 지역이주민센터와 그녀를 연결해줬다. 이주민센터는 손이 많이 필요한 불고깃집에 자리를 알아봐줬다. 다행히 이모나의 옆방 여자가 아기를 봐주었다. 이주민센터와 그녀를 연결해줬던 방문자는 그녀가 우즈베크어를 할 줄 안다는 걸 알게 됐고 그 사실을 바크에게 알렸다.

러시아 인근만이 아니라 이슬람권의 나라들에서도 우즈베크어를 사용했다. 바크는 이모나에게 사정을 얘기했다. 탈라가 쓰는 언어가 우즈베크어인지는 모르겠지만 그래도 한번 만나봐달라고 부탁했다.

그렇게 해서 이모나가 우리와 함께했다. 누군가 그녀에게 여기까지 오기 어렵지 않았냐고 물었다. 그녀는 눈을 내리깐 채 아무런 대답도 하지 않았다. 바크가 옆에서 야신을 면회하러 몇 번 오셨다는데요, 라고 했다. 아, 하고 누군가 말했고 다른 누군가도 아, 하고 따라 했다. 방문자들 머릿속에 아, 아, 아, 하고 울리는 소리를 이모나는 잠자코 듣고 있었다. 귀가 양쪽 다 새빨개졌고 눈시울은 금방 뜨거워졌다.

다들 눈치만 보며 이모나에게 말을 못 붙이고 있을 때 누군가 어색함을 이기지 못하고 말했다.

"이모나 씨는 우즈베크어를 하신다고요? 이렇게 한국어도 잘하
시고."

이모나는 얼굴이 새빨개지면서 아니라고 했다. 와! 할 때마다
아니라고 고개를 저었다. 그녀는 잔뜩 불안한 얼굴이 돼서 하긴
하지만 잘하지 못한다고 또박또박 말했다.

"겸손하기까지 하네요."

방문자들은 다시 한번 와! 했다.

4

지연은 일터에서 누구와도 잘 지냈다. 가장 먼저 그만두고도 행
원들의 소식을 다 꿰차고 있었다. 나도 모르는 내 동료들의 소식
까지 알고 있었지만 서연에 대해서는 알지 못했다.

"귀국을 하긴 한 거지?"

나는 물었다.

"그건 모르죠."

서연은 여행지로 간 섬에서 구십 일을 보냈고 수용소로 보내져
구십 일을 보냈다.

그게 우리가 아는 소식 전부였다.

"귀국하는 승객 명단에는 있었대요. 마중나온 가족들은 입국장

에서 서연씨를 발견하지 못했고."

"연락도 안 됐고?"

"자기편이 없다고 생각했겠죠."

"돌아오지 않은 건가?"

휴대폰은 누구든 연결을 가능하게 하는 물건이었다. 시시때때로 연락하고 싶은 사람이 있고 연락이 오면 반가울 사람도 있다. 모든 기적을 이 손바닥만한 물건은 일으킬 수 있었다. 서연의 휴대폰이 그 일을 언제 어떻게 해낼지는 알 수 없었다. 굳이 입에 올리지 않았던 서연의 이름이 우리 사이에서 나오는 순간 덮어두었던 이야기들이 떠올랐다.

아직도 직장에서 그런 일이 일어난다고? 그것도 내가 일하는 영업점에서? 진짜 인간도 아니네, 하고 끝내버린 이야기. 한마디만 들어도 무슨 일인지 짐작이 가서 입에 담고 싶지도 않았던 이야기. 지나가듯 한 말이 어떤 식으로 누구 입에 오르내릴지 몰라 함부로 꺼낼 수 없었던 이야기. 도움이 되지 않을 바에는 입을 다물고 있는 게 맞다고 생각한 이야기. 아니, 실은 어떤 불이익을 받을지 몰라 입을 다물었던 이야기. 그런데 이제 와서 무슨 말을 어떻게 해야 할까. 우리 사이에 가로놓인 침묵은 지금 때가 됐다고 말하고 있었다. 각자의 집으로 돌아갈 시간, 헤어질 시간이 됐다고.

5

탈라와 이모나가 투명한 이중 벽을 사이에 두고 마주앉았다. 여느 때와 다름없이 탈라의 눈은 짓물러 있었다.

이모나는 탈라에게 인사를 했다. 탈라도 같은 말로 인사를 했다. 탈라가 쓰는 말은 이모나와 같은 우즈베크어가 맞았다. 이모나는 뒤에 서 있던 바크를 향해 기쁜 얼굴로 고개를 끄덕였다. 오히려 바크가 당황했다. 두 사람이 대화가 될 거라는 가능성을 전혀 생각하지 않았던 사람처럼. 그는 여전히 얼떨떨해하는 얼굴로 물었다.

"우리가 뭘 해주면 좋을지 알고 싶어요."

이모나는 그 말을 탈라에게 전했고 탈라가 한 말을 다시 바크에게 전했다.

"아이 소식을 못 들으니까 힘들대요. 소식을 들으면 좋겠대요. 여기 들어온 지 벌써 몇 개월 됐는데 아무 소식이 없는 게 힘들고 괴롭대요."

"아기가 몇 살인지 물어봐줄래요?"

"열일곱 살이래요."

우리 모두 놀랐다. 줄곧 탈라가 말하는 베이비가 갓난아기인 줄 알았으므로.

"도움을 청할 만한 다른 사람은 없나요?"

"도와줄 사람이 있긴 한데 연락할 수 없대요."

이모나는 통역했다.

탈라는 자신이 범죄자가 됐다고 생각한 듯했다.

탈라는 지인이 더이상 애를 봐줄 수 없다고 하면 자신의 아들이 갈 만한 곳이 있는지 알고 싶어했다.

"가톨릭 수녀님들이 운영하는 쉼터가 있어요. 거기라도 괜찮다면 알아볼게요. 여러 명이 방을 써야 하니까 불편할 수도 있어요."

바크는 말했다.

"공부할 수 있냐고 묻는데요?"

"수녀님이 한국어를 가르쳐줄 수 있을 거예요."

그 말에 탈라는 크게 안심했다. 그뒤로는 눈에 띄게 안정되어갔다. 더이상 바크는 둘 사이에 끼어들지 않았다. 끼어들 틈이 없었다.

두 여자의 입이 쉼없이 움직였다. 혀와 입을 어떻게 쓰는지 알 수 없지만 탁한 소리, 심하게 가래 끓는 소리를 자주 내곤 했다. 에에, 하고 목을 떠는 정도가 약해졌다가 갑자기 강하게 떠는 소리를 냈다. 탈라뿐 아니라 이모나 역시 감정이 고조되는지 자주 마찰음을 냈다. 탈라는 걱정과 근심이 누그러져서인지 속에 있는 말을 다 할 수 있게 되어서인지 뒤에 서 있던 바크에게, 그리고 나에게까지 미소를 짓는 여유를 보였다. 처음 보았을 때와 확실히 다른 얼굴의 탈라가 됐다. 자신의 고통이, 슬픔이 인정받는 얼굴이었고 그래서 안심하는 얼굴이었다. 수백 번을 씻고 또 씻은 것 같은 맑고 투명한 얼굴이었다.

6

"탈라가 필요하다고 한 게 뭐예요?"

바크가 이모나에게 다시 물었다. 우리는 다른 방문자들이 나오기를 기다리며 대기실에 앉아 있었다.

바크는 탈라에게 필요한 게 있다면 뭐든 구해보겠다고 했다. 이모나는 탈라에게 필요한 게 뭔지 곰곰이 생각하더니 말했다.

"희망이요."

희망? 우리들은 서로의 얼굴을 봤다. 그러나 차마 그게 무슨 말이냐고 이모나에게 묻지 못했다. 이모나는 말실수를 할까봐 우리 앞에서 최대한 조심했다. 조금이라도 말실수를 했다 싶으면 크게 당황했다. 사실 면회하는 동안에도 이모나는 '공난'이라는 말을 몇 번이나 했는데 우리는 그녀가 말하는 공난이 정확히 무슨 뜻인지 알지 못해 애를 먹었다. 나중에야 그게 맥락상 '곤란'이라는 걸 알았다.

이모나가 당황할 게 뻔해 그냥 넘기고 싶었지만 그녀가 꼭 필요한 것처럼 말했기 때문에 그게 뭔지 묻지 않을 수 없었다.

"회망이라구요?"

"네, 회망."

이모나는 단호하게 말했다.

면회를 마친 방문자들이 모여들었다.

"회? 먹는 회?"

누군가 말했다.

"회선망?"

다른 누군가가 말했다.

"회망이요, 회망, 회망."

이모나는 왜 알아듣지 못하느냐는 듯 같은 말을 하고 또 했다. 모두가 난감해하고 있을 때였다. 조금 멀리 떨어져 있던 한 방문자가 혹시 희망 아니냐고 물었다.

이모나는 그제야 자신의 발음에 문제가 있었다는 걸 알고 부끄러워했다.

그걸 어디서 찾아서 주냐고 바크가 중얼거리다 입을 다물었다. 그 단어를 떠올리는 것만으로도 우리는 서로의 심장이 내려앉는 소리를 들었다.

7

"어떤 정신 나간 남자가 있었어요."

지연은 말했다.

정신 나간 개가 있으니 정신 나간 사람도 있는 거겠지, 하고 나는 고개를 끄덕였다.

"1940년댄가 그랬는데 이 남자가 바닷가 동굴에 살았던 거예요. 밖에서 봤을 때 물이 빠지면 동굴이 드러났다가 물이 차면 동굴이 가려져서 천혜의 요새 같은 곳이었어요. 그런데 이 남자가 여자를 만났어요. 불행하게도 딱 자기 같은 여자를 만난 거예요. 둘은 쿵짝이 맞아서 관광객들 돈이나 물건을 훔치거나 죽이기도 하고 인육을 먹기도 하고."

지연은 빠르게 말을 이었다.

"아이를 열두 명 낳았어요. 나중에는 마흔여덟 명이 된 거예요."

"아이들이 또 아이를 낳고 그런 거야? 번식력이 어마어마하네."

"식욕도 어마어마했겠죠."

지연은 딱 집어서 말했다.

"큰아이, 작은아이 할 것 없이 해변에서 뒤엉켜서 뛰어놀고 했던 거예요. 마을 사람들이 오가면서 보긴 했는데 웬 아이들인가 그러고 말았어요. 이 무시무시한 가족을 누군가 유심히 지켜보다 경찰에 신고를 했거든요. 경찰이 동굴 안을 살펴보니 말로 다 할 수 없을 정도로 끔찍했던 거예요. 모두 사형 선고를 받았어요."

"아이들도 범죄 같은 걸 저질러서?"

"아니요. 죄를 저지르지 않아도 목격하고 묵인했으니까. 그만큼 확고한 의지를 표현한 거죠. 정말 해서는 안 되는 일이라는 걸 보여준 거예요. 어른 아이 할 것 없이 다 사형에 처했죠. 딱 한 명만 빼고."

"그 한 명은 왜?"

"한 살이었어요."

"한 살?"

"태어난 지 얼마 안 된 아이였어요. 근데 이 아이가 커서 자기 가족이며 자신에 대해 알게 된 거예요."

"그래서 어떻게 됐어?"

"죽었어요."

나는 고개를 끄덕였다. 너무나 당연했다. 우리는 우리 과거를 모른다. 내가 누군지 모른다. 그걸 모르기 때문에 살아남았다.

"그런데 언니."

지연은 느닷없이 말했다.

"구두에 엄청나게 광을 냈잖아요, 매일. 먼지 하나 묻는 걸 용납 못했잖아요…… 그 새끼."

나는 그녀가 누구 얘기를 하는지 바로 알았다. 그러나 이름을 입에 담고 싶지는 않았다.

"그랬지. 구두는 그 사람의 얼굴 같은 거라면서."

나는 말했다.

그는 청결을 무엇보다 중요하게 생각했다. 정리가 되지 않은 행원의 책상이 있으면 다가가 하나하나 치웠다. 물티슈로 책상을 구석구석 닦아댔다. 자신의 구두인 양. 갑자기 분노가 치밀었다. 정작 서연과는 이런 이야기를 해본 적이 없었다. 왜 그랬을까. 애타게 통역 같은 것을 찾을 필요도 없었는데. 그냥 들어주기만 해도 됐는데. 서로 말이 통하고 감정을 나눌 수 있다는 것이 실은 기적 같은 일이었는데.

돌아올까?

지연은 내 표정을 읽었다.

"돌아오겠죠."

그녀는 말했다.

그럴까? 그런 날이 올까?

"같이 만나서 밥을 먹기도 하고, 속 얘기도 하고 그런 날이 오지 않을까요. 희망을 가지면, 언젠가는요."

생각해보면 면회를 마치고 난 이모나의 표정은 처음과 달라져 있었다. 탈라만큼이나 밝아져 있었다. 그러나 나는 이모나가 잘못 발음한 그 단어를 쉽게 떠올리지 못했던 것처럼 이번에도 지연의 말에 쉽게 동의하지 못했다. 그 단어를 입에 담을 수도 없었

다. 그러나 품어볼 수도 있었다. 희망까지는 아니더라도 희망이
라면.

나임

　다른 날과 다를 바 없는 저녁이었다. 당신이 나를 다급하게 불렀다. 와서 이것 좀 보라고 했다.

　뭔데 그러냐고 나는 소리쳐 물었다. 당신은 빨리 와보라고만 했다. 나는 뒤집개를 든 채 주방에서 거실로 달려갔다. 당신은 텔레비전 화면을 가리켰다. 뉴스 속 앵커의 오른쪽 상단에 사진이 보였다. 손발이 묶인 채 바닥에 내동댕이쳐진 남자를 사람 키보다 높은 위치에서 찍은 모습이었다.

　양쪽 손목과 발목을 등뒤로 묶어놓은 탓에 남자의 몸은 새우처럼 꺾여 있었다. 헬멧 형태의 머리 보호대가 씌워져 있어서 얼굴을 볼 수는 없었다. 보호대로도 부족했는지 박스 테이프와 케이블 타이를 머리에 둘러 압박했다. 보는 내가 다 숨이 막혀왔다. 뉴스

앵커가 하는 말이 희미해질 정도로 충격적이었다.

"저런 일이 있었어?"

당신이 다짜고짜 물었다.

"저런 일이 있었네."

내 목소리는 차분했다.

"저기 당신이 다녔던 데 아냐?"

"맞아. 맞긴 맞는데."

내 머릿속에 가장 먼저 떠오른 것은 다른 생각이었다.

"저걸 어떻게 사진으로 찍었지?"

"무슨 말이 그래?"

당신은 나를 이상한 사람 보듯 했고 그래서 나는 내가 정말 이상한 사람이 된 것 같았다.

거기에 있음을 알지 못하면 결코 다다를 수 없는 곳. 분명 막혀 있을 것 같은데 길이 있고, 도로가 없을 것 같은데 차선이 나타나고, 한없이 이어질 것 같은 담장을 따라 걷다보면 나타나는 건물. 어떤 충격에도 끄떡없이 버틸 수 있을 것처럼 견고해 보이는 단층의 직사각형 건물 입구에 수형이 아름다운 나무가 있었다. 그곳에 간 첫날 나는 휴대폰을 들이댔다.

"찍지 마세요."

안에서 거친 목소리가 들려왔다. 소리만 들려온 게 아니라 건

장한 남자가, 그것도 두 명이나 달려나왔다. 소리가 얼마나 컸는지는 기억나지 않지만 꽤나 위압적인 음성이었던 건 분명하다. 아니, 단순히 위압적이기만 했던 건 아니고, 다급하기도 했다.

사진으로 남는 것, 기록되는 것, 기억되는 것 어느 하나 그곳에서는 허용되지 않았다. 면회실에 가려면 소지품이며 가방, 휴대폰까지 로커룸에 넣어야 했다. 그렇게 빈 몸이 되고 난 다음에야 면회가 가능했다. 수용자들 역시 신분증, 휴대폰은 압수되고 캐리어도 따로 보관된다고 알고 있었다. 그런데 어떻게 사진을 찍을 수 있었을까. 어떻게 밖으로 유출이 되고 뉴스에까지 보도가 됐을까?

의문에 답을 줄 사람이 떠오르지 않았다. 있다 해도 당장 연락해서 물어볼 수도 없었다. 나는 더이상 방문 날짜에 맞춰 알람을 설정해놓지 않았고 더이상 그곳으로 가는 시외버스를 타지 않았다. 한참 전도 아닌데 벌써 까마득한 일이 되어버렸다. 사람과 사람이 만나는 것을 막는 팬데믹이라는 상황 때문이기도 했고 파트타임으로 동네 베이커리에서 일을 하게 된 탓도 있었다. 또한 난임 병원을 다니기 시작하면서기도 했다. 동결 배아를 이식받은 후 안정을 취해야 했다. 호르몬제를 과다 투약하기 때문에 불안감이 극에 달했다. 기대와 희망으로 시작한 한 주가 피 말리는 하루하루의 낙담과 실망으로 끝이 났다. 아이를 낳아 기르는 데 치르는 비용 대신 부부의 노후 자금을 확보하는 게 더 안전하고 승률 높은 투자이지 않겠냐고 당신과 나는 서로 말하기도 했다. 사실 통장에 남아 있던 돈을 다 털어내서 당장 여유도 없었다. 한 달 한 달 기대했다가 실망하는 일을 어느새 하지 않게 됐다. 아니, 서로 피하는 이야기가 됐다. 그래서 나 혼자 희망하는 일처럼 느껴졌다. 그러다 어느 날엔가 당신은 갑자기 알아듣지 못할 말을 하기도 했다.

"당신, 진짜 아기를 갖고 싶은 건 아니지?"

내 표정에서 당신이 어떤 생각을 읽었는지 모르지만 당신이 내 표정에서 읽은 말이 내 진심이겠거니 하고 생각했다. 내가 원하는 일이 실은 진심으로 원하는 일이 아니라고 말이다. 그러면 아주 잠깐은 안심이 됐다. 원하지 않으면 절망도 없을 테니까.

"진짜 저래?"

부엌 식탁에 마주앉아 당신은 물었다.

"뭐가?"

"저렇게들 하고 그러냐고."

당신은 정확하게 말할 수 있는 걸 두리뭉실하게 말했고 당신이 두리뭉실하게 말하니까 나도 두리뭉실하게 대답했다.

"나는 몰랐지."

그게 사실이기도 했다.

"그래?"

"독방이 있다는 건 알았지."

언젠가 파란을 면회할 때였다. 파란은 얼마 전 들어온 남자가 나가게 해달라고 밤새 소리를 지르다가 스태프에게 야단맞고 독방에 갇혔다는 말을 지나가듯 했다. 하도 무심하게 말해서 나도 무심하게 들었다. 정말 혼자 쓰는 방쯤으로 생각했다. 물론 파란의 '독방에 갇혔다'는 말의 뜻이 뉴스 속 사진처럼 줄에 묶이고 보호대가 씌워졌다는 의미는 아니었을 것이다.

"거기가 원래 구치소 건물이었다나봐. 그러니까 뭐……"

거기까지 말하고서야 내가 무슨 말을 하고 있는 건지 모르겠다 싶었다. 대체 누구를 위한 변명인지 모를, 그런 변명을 자꾸 하는 느낌이었다.

보도된 사진이 꽤 충격이었는지, 그곳에 대해 내가 먼저 말하지 않으면 묻지 않던 당신이 관심을 보였다.

"거기 있는 사람들 다 추방 명령이 떨어진 상태인 거지?"

처음 하는 질문인 양 물었다. 나도 처음 하는 대답인 양 말했다.

"그런 거지."

"그런데 왜 자기 나라로 안 돌아가는 거야?"

"못 돌아가는 거지."

"그럼 저기 얼마나 있는 건데?"

"일 년도 있고 이 년도 있고 사 년도 넘게 있는 사람도 있고."

"그렇구나."

당신은 놀랍다는 얼굴이었다. 이전에도 당신은 내게 그곳에 대해 물었고 지금과 다름없는 반응을 보였다. 언젠가 당신은 또 묻게 될 것이고 나는 같은 말을 반복하게 될 것이다. 내 말만 듣고는 당신은 그곳에 대해 결코 알 수 없을 테니까. 당신만이 아니라 나역시 그랬으니까. 가서 보고도 그곳이 어딘지, 내가 만나는 사람들이 누군지, 그들이 왜 그곳에 그렇게 한없이 있는지, 바로 앞에서 얼굴을 맞대고 있으면서도 매번 이해가 가지 않았다.

그곳에서는 늘 예기치 못한 일이 벌어졌고 매번 내 이해의 바깥에 존재하는 표정들과 맞닥뜨렸다. 그 표정이 의미하는 걸 이해하게 된 건 시간이 한참 흐른 뒤였고 내가 한 이해라는 것도 완벽한 이해라고 할 수 없었다.

"그런 사람이 있었거든, 나임이라고."

실은 얼굴이 바로 떠오른 건 아니었다. 사진을 찍어둘 수도 없었으니까 그가 정말 존재했던 사람인지도 확실치 않았다. 다만 내기억에 의지하자면 그는 작고 다부진 남자였다. 손안에 있는데도 손안에 없는 것 같은, 작지만 딴딴한 감 같았다. 보는 것만으로도 입안에 떫은맛이 남았다. 눈빛은 늘 지나칠 정도로 반짝였는데 순수하게 맑다고 하기에는 어딘가 복잡미묘했다. 그 복잡미묘함 속에는 번뜩이는 영리함이 존재했다. 나임은 내가 만났던 그 어떤 수용자와도 달랐다. 그를 만날 때마다 단순한 당황이나 민망함과는 또다른 설명할 수 없는 감정에 빠지곤 했다.

나임은 정치적인 이유로 고향을 떠났고 스물한 살에 이 나라에 왔다. 십 년을 이 나라에서 일했다. 한국어를 정말 잘했다. 내가 감탄하자 그는 아니라고 했다. 아직 부족한 게 많다고 했다. 일을 하고 집에 오면 쉬기 바빴다고 했다. 사람들과 자주 대화하고 집에서 혼자 공부도 하고 그랬어야 했는데 그러질 못했다고 했다. 나의 칭찬은 그렇게 그의 과거를 반성하게 만들어버렸다. 당황한 나는 아니라고 정말 훌륭하다고 했다. 그러자 나임은 수줍게 말했다.

"나 지금 말하면서 엄청나게 긴장하고 있어요."

나임은 열심히 배우고 익혀 놀랄 정도로 한국어를 잘했지만 그걸로 한참 부족하다는 듯 가슴에 손을 얹으며 말했다.

"존대를 정말 잘하고 싶어요."

그의 음성은 절절한 애정 고백처럼 들려오기까지 했다.

그는 존댓말을 때에 따라 잘 활용할 수 있고 없고가 한국어 능력의 판단 기준이 된다는 것도, 존중받을 수 있고 없고도 그 능력에 따라 결정된다는 것도 알고 있었다. 언젠가 필요한 게 있냐고 물었을 때 문법 교재 같은 게 있으면 좋겠다고 했다. 문법을 체계적으로 공부해 어디 가서도 한국어 통역을 할 수 있으면 좋겠다고 했다.

나임은 한국어만 열심히 공부하고 연구한 게 아니었다. 뉴스를 통해 이 나라에서 벌어지는 일들 하나하나를 지켜보고 있었다. 자신이 어디에서 왔는지도 잊지 않았다. 자신이 떠나온 나라를, 떠나온 고향을 항상 생각한다고 했다. 그런 면에서도 다른 수용자들과 달랐다. 보통은 고향에 대해 질문하면 대답을 피하거나 어쩔 수 없이 대답해주고 있다는 게 확연히 느껴졌다. 영어로 소통하느라 고생했던 아나스의 경우는 과거를 떠올리게 하는 그 어떤 암시만 들어도 얼굴색이 급격하게 어두워졌다. 어두워진 얼굴색 너머로 내면에서 무슨 일이 일어나는지 짐작도 할 수 없었다.

나임은 어려운 자신의 나라 국민들 사정에 대해, 계속된 비리와 불합리에 대해 생각했다. 전기와 에너지는 부족했고 따라서 사람들이 일하는 시간도 부족했다. 나임은 임대 시장과 세금, 이권에 대해, 열심히 일해도 기회가 오지 않는 사람들에 대해 말했다. 그뿐 아니라 지금 여기에서 흐르고 있는 자신의 시간도 생각하고 있었다. 주어진 대로 시간을 보내고 싶지 않다고 했다. 나임은 보호일시해제 결정을 받기 위해 기다리고 있었다. 답변이 너무 늦어지게 되면 이 나라를 뜨고 싶다고 했다. 거침없이 말해서 듣는 사람을 당황하게 만들었다.

"시간을 마냥 낭비할 수는 없는 거잖아요."

그건 그랬다. 그건 그랬는데 이상하게 서운한 감정이 들었다. 여기, 이 나라에서 좋았던 게 하나도 없었냐고 물었다. 그런 내가 집요하다 싶었지만 나임은 나임답게 아랑곳하지 않고 대꾸했다.

"감옥 같았어요. 일하고 자취방에서 자고 또 눈을 뜨면 일하고."

그래도 뭔가 좋은 게 있었을 거 아니냐고 내가 끈질기게 묻자 한참 고민하더니 말했다.

"음식을 해먹을 수 있다는 게 좋았어요. 일을 마치고 자취방으로 돌아와 주방에서 혼자 음식을 만들어 먹었거든요."

그의 일상이 얼마나 단조로웠을지 떠올릴 수 있었다. 그게 너무 와닿아서 맘에 들지 않았다. 나임은 그런 나를 가만히 보다가 고백했다.

"다른 나라 가게 되더라도 한국 음식점 꼭 차려보고 싶어요."

"한국어 통역을 하고 싶다면서요?"

"그것도 할 수 있으면 하고요."

한국 생활이 감옥 같았다면서 한국 음식이 좋고 한국 음식점을 차리고 싶다는 말이 내게는 모순처럼 느껴졌지만 나임은 아무런 모순도 느끼지 못하는 얼굴이었다.

"그런데 지난 추석에는 정말 서운했어요."

"서운해요? 뭐가요?"

"꿀떡이 나왔거든요."

네? 하고 나는 난감해서 물었다.

"아니 왜, 송편이 나와야 하잖아요?"

나는 나임의 말에 수긍할 수밖에 없었다.

날이 무더워지면서 나임도 다른 수용자들처럼 머리와 수염을

짧게 깎았다. 여름 내내 잠을 제대로 이루지 못하고 있노라고 했다. 열두 명 정원인 방에 열다섯이나 열여섯 명이 있었다. 틈이 사라진 취침 공간에서 무더운 밤을 버텼다. 반짝이는 눈빛은 여전했지만 머리도 많이 빠지고 안색도 탁해졌다. 걱정이 됐지만 물어볼 수 없었다. 내 질문으로 나임이 자신의 상태를 자각하게 될 게 두려웠다. 그만큼 그의 상태는 좋지 않았다. 그것 말고도 다른 무언가가 내 입을 막고 있었다.

"캠핑을 하고 있다고 생각해요."

나임은 말했다.

행복한 꿈을 꾼다고 했다. 텐트는 좁다. 아내와 딸과 나란히 누워 있기 때문에. 나임의 얼굴에 미소가 흐른다. 다 괜찮고 다 견딜 만하다.

"아내와 딸이 있어요?"

"그냥 생각을 해본 거예요. 꿈이니까."

출입국 관리 사무소의 답을 받지 못한 채 시간이 흘러가고 있었다. 막상 나임은 그 어떤 결정도 쉽게 내리지 못했다. 떠날 때 떠나더라도 십 년 넘게 일하면서 체불된 임금은 받고 떠나겠다고 했는데 업주가 그 돈을 줄 것 같지 않았다. 업주가 임금을 주지 않으려고 불법체류 신고를 하는 경우도 있었다. 그게 아니더라도 지금까지 주지 않았던 임금을 퇴거명령까지 받은 사람에게 이제 와서 왜 주겠다고 할까. 내가 업주도 아닌데 업주의 심리를 너무 잘 알

것 같았고 그래서 입을 다물었다. 그러고 있자니 내가 업주의 공모자가 된 것 같았다.

나임의 시간은 그렇게 흘러가고 있었다. 점점 기온이 떨어지더니 새벽과 밤에는 영하로 내려가기도 했다. 그의 캠핑은 상상만으로도 이가 시려왔다.

그날 나는 다른 방문자와 함께였다. 그도 나도 무슨 말을 해야 좋을지 몰라 침묵했다. 나임의 상태는 점점 더 나빠지고 있었다. 면회실이라는 공간에서 할 수 있는 일이라고는 수화기 너머로 말을 주고받는 것뿐이었다. 그 안에서 모두 입을 다물고 있는 순간의 침묵은 그 어디에서보다 어색하고 답답했다. 나라도 무슨 말이든 해야 할 것 같았다.

"밥은 잘 먹어요?"

내 말에 나임은 고개를 저었다.

"왜요?"

"돼지처럼 갇혀서 주는 밥을 먹으면 뭐해요?"

바크가 있었다면 건강해야 살아서 나갈 수도 있는 것 아니겠냐고 달래보기라도 했겠지만 나는 할 수 없었다.

"뭐 먹고 싶은 거 있어요?"

"커피믹스."

나와 동행은 웃었고 그때만은 그도 희미하게 따라 웃었다.

"오늘은 날이 좀 따뜻해요."

나는 말했다.

갑자기 날씨가 온화해졌다, 햇살도 좋다, 그런 말도 덧붙였다. 그러나 나임은 도무지 내가 무슨 말을 하는지 모르겠다는 얼굴이었다.

"아, 해가 지면 춥겠군요?"

"안 추워요."

그가 단호하게 말했다.

"왜요?"

나임은 아무런 대답도 하지 않았다. 내 물음이 그의 단단한 얼굴 위로 미끄러져내려가고 있었다. 우리 사이에 더 큰 침묵이 만들어졌고 그 침묵은 단순한 침묵이 아니라 저항감으로 느껴졌다.

"왜 안 추워요? 새벽엔 춥죠."

나는 마음이 상해버렸다.

"여기는 벽이 두 개 있잖아요."

마침내 그가 입을 열었다.

"벽이 왜 두 개예요?"

"두 개예요."

방을 둘러싸는 벽이 또 있다는 의미 같았다.

"방, 벽, 벽. 그러고 나서 바깥이에요. 그러니까 춥지 않아요."
라고 말을 하고 그는 담담하게 덧붙였다.

"감기는 오겠네요."

"감거가 오나요?"

내 질문에 그는 자신이 제대로 말한 건지를 고민하는 것 같더니 감기는 오는 게 맞다고 했다.

"새로 사람들이 오니까요. 감기를 가지고 오거든요. 방이 좁으니까 말을 섞지 않아도 옮아요. 바람이 불지 않고 환기도 시킬 수 없으니까."

나는 민망함인지 미안함인지 부끄러움인지 모를 복잡한 감정을 숨기고 수긍했다.

"환기를 시켜달라고 해요. 말할 사람 없어요?"

"없어요. 아무도 신경쓰지 않아요. 여긴 사람을 가두는 게 목적이니까."

방문자들끼리 그런 말을 쓰긴 했다. 말이 보호지 가두고 있는 거라고. 아니 대체 사람을 보호한다는 게 가능하기나 한 거냐고 말이다. 그래도 그들에게 그곳을 떠난다는 선택지가 없지 않다고 맘 한구석에서 생각하고 있었던 걸까. 늘 해왔던 말인데 나임의 입에서 갇혀 있다는 말이 나오니까 심장이 내려앉았다.

"그게 목소리의 힘이죠."

바크는 말했다.

"당사자가 하는 말이니까."

*

　뉴스가 끝났다. 식사를 마치고 나와 당신은 바로 일어나 식탁을 치웠다. 당신은 한 손으로 식탁을 닦으면서 다른 손으로 휴대폰을 했다. 설거지를 하고 주방 정리를 마칠 때까지도 나는 그곳의 사진이 어떻게 찍힐 수 있었는지에 골몰하고 있었다. 수용자 중 누군가가 몰래 휴대폰을 가지고 있다가 찍었을까, 아니면 스태프가 찍어놓았던 걸까. 대체 왜 그걸 찍어놓았던 걸까. 무슨 용도로.

　도저히 나로서는 풀 수 없는 문제의 답을 당신은 몇 번의 기사 검색으로 알아냈다.

　"누가 찍은 게 아니었네."

　"그럼?"

　"동영상이었어. 사진이 아니라……"

　독방에 설치된 시시티브이 영상을 캡처한 것이었다.

　대리인, 그러니까 그의 변호인이 법무부에 요청해서 받은 자료 동영상이라고 했다.

　당신은 문제의 동영상을 재생해 보여주었다. 동영상 속 남자가 온몸이 묶인 채 꿈틀거리며 움직이고 있었다. 보는 내내 동영상 속 장소와 그곳을 연결 지어보려고 했지만 잘 되지 않았다. 내 기억 속 그곳은 기이하다 싶을 정도로 조용한 곳이었다.

　건물을 둘러싼 담장, 담장을 둘러싼 활엽수들, 중간중간 배치된 잘 정리된 화단과 차량 통행이 거의 없는 넓은 주차장이 떠올랐다. 주차된 차들은 늘 십여 대 정도가 고작이었다. 어느 하루 내가 쫓던 흰색과 검은색이 뒤섞인 얼룩 고양이 한 마리, 꼬리를 잔뜩 내린 채 주차된 차 밑에서 몸을 낮게 웅크리고 나를 올려다보던 고양이를 보면서 거의 처음 아무것도 하지 않고 아무 일에도 쫓기지 않는 사람처럼 고요함에 빠져들었던 순간도 잠깐 떠올랐다. 그곳은 세상에서 잊힌 공간이었다. 그 공간에 있는 동안은 나도 잊혀 존재하지 않았다. 나무들만 소리 없이 성장하고 있었다. 나무에서 떨어진 은행잎과 은행잎을 밟는 내 발소리뿐인 건물의 주차장에 나는 서 있었다.

너무 늦게 도착하는 바람에 면회를 하지 못하고 다른 방문자들의 면회가 끝나길 기다리던 날이었다. 주차장을 서성이다 얼룩 고양이와 눈이 마주쳤다. 고양이를 쫓아 주차장을 가로질렀다. 문득 주위를 살폈고 내가 한 번도 와보지 않은 건물 측면에 있음을 알게 됐다. 이 건물을 둘러싼 높은 시멘트 담장이 있다는 것도 그날 처음 알았다. 담장은 아무리 목을 길게 빼고 봐도 그 뒤편이 보이지 않을 정도로 높았지만 분명 담장 뒤에 건물이 있음을 알 수 있었다. 면회가 끝나고 파란이 돌아가는 곳, 화장실을 늘 닦아야 안심을 하는 곳, 이쌈이 기도를 하고 나임이 불면으로 밤을 보내는 곳이 분명 있었다. 그러나 그곳의 존재를 직접 눈으로 본 건 그때가 처음이었다.

포승줄, 손발목 수갑, 새우 꺾기, 케이블 타이 사진을 보고 내가
확실하게 알게 된 한 가지는 내가 무엇 하나 제대로 알지 못했다
는 것이었다. 나는 그곳에 가고 있었지만 한 번도 그곳에 도달하
지는 못했다.

"어떻게 이런 일이 있지?"

당신은 내 어깨 너머로 동영상을 바라보면서 중얼거렸다.

"무슨 사정이 있었겠지."

나는 조심스럽게 말했다.

"그렇겠지? 이미 퇴거명령이 떨어진 사람들인데 왜 이렇게까지
했겠어?"

당신은 말했다.

대리인의 요청을 받아들여 시시티브이를 공개한 것만 봐도 알
수 있지 않냐고 했다.

나도 그러리라고 믿었다.

우리가 모르는 사정이 있었을 거라고. 그곳에 갈 때마다 웃으
며 인사를 하다가 어느새 얼굴을 튼 직원들이 머릿속을 스쳐갔다.
그중에는 접수대의 젊은 여자 직원도 있었다. 한창 빛나는 나이일
텐데 머리는 부스스했고 눈에는 늘 초점이 없었다. 있어야 할 자
리에 앉아 해야 할 일을 하고 있지만 정작 자신이 어디에 있는지
모르겠는 얼굴이었다. 그녀를 떠올리자 입안이 깔깔해졌다. 내가
물을 마시고 거실로 돌아오는 사이, 당신은 소파에 기대앉아 연관

기사를 검색했다.

"결박을 해야 할 정도로 흥분한 상태였다는데, 그 사람."

자해를 할 수 있는 상황이었기 때문에 보호하기 위해 어쩔 수 없이 한 조치였다고 했다.

"그렇지?"

나는 크게 고개를 끄덕였다.

"당연히 그랬겠지."

그런데 당신이 모르는 일이 있었다.

근 이십 년 전 2월의 어느 날, 그곳이 아닌 다른 보호시설에서 불이 난 적이 있었다. 아무리 소리쳐도 철창은 열리지 않았다. 그 안에 갇혀 있던 사람들이 외친 소리를 듣고 직원들이 달려왔을 때는 불이 번지고 있었다. 모든 방의 자물쇠를 다 열지 않고 한 방을 먼저 열어 수용자들을 건물 밖 호송 차량에 태운 다음 다시 돌아와 두번째 방을 열려고 했지만 그때는 이미 연기가 가득차서 문을 열 수 없었다. 한꺼번에 문을 열어줬다면 살릴 수도 있었을 사람들이 죽었고 그들의 존재가 그렇게 세상에 알려졌다. 그때의 나는 매일 새벽 알람이 울리기 전 눈을 떴고 눈을 뜨기 무섭게 해야 할 일과 하고 싶은 것을 생각했다. 은행이 망하지 않는 이상 끝까지 남아 있을 수 있으리라 믿었고 평생 직장생활을 할 것처럼 열심히 일했다.

당신의 표정은 쉽게 밝아지지 못했다. 자신이 방금 했던 말을 되씹고 되씹으면서 생각하는 눈치였다. 그런 당신에게 나는 그 화재 사건에 대해서까지 말하고 싶지 않았다. 우리 대화가 그쯤에서 끝날 거라고 생각했을 때였다.

"이런 일이 처음이 아니네."

당신은 휴대폰 화면 스크롤을 내리고 또 내리다가 마침내 뭔가를 발견해냈다.

"뭐가?"

나는 당신 쪽으로 몸을 기울였다. 당신은 몇 년 전에도 비슷한 일이 기사로 났노라고 했다. 몸이 묶여 독방에 갇히고 그걸 폭로하고 항의를 하고 그랬다고 했다.

"그러네. 처음이 아니구나."

그런데 그 시기가 내가 방문을 시작할 무렵이었다.

"진짜 몰랐어?"

당신은 말했다.

"아까 말했잖아, 몰랐다고."

몰랐지만 몰랐다고 자신 있게 말하지는 못했다. 이런 나를 당신이 이상하게 볼까봐 재빨리 반응을 살폈다.

평소의 당신이라면 분개했을 일이다. 내가 아는 당신은 그런 사람이었다. 세상이 달라져야 한다고 목소리를 높이는 사람이었고 앞에 나서길 주저하지 않는 사람이었다. 당신 생각이 내 생각이고 내 생각이 당신 생각이던 때가 있었다. 우리의 생각이 같았고 우

168

리의 언어가 같았다. 그러나 우리가 확고하게 믿는 것들이 실은 허구일 수도 있고 보는 관점에 따라서 진실이 아닐 수도 있다는 걸 차츰 알게 됐다. 당신과 내가 같은 식탁에 앉아 밥을 먹고 한 지붕 아래에서 잠을 잔다고 해도 당신과 나의 정의가 다르다는 걸 알게 됐고 그런 일들에 대해 언쟁을 하고 화를 내기도 했지만 언 제부턴가 서로에게 시시콜콜 설명하거나 이해를 구하지 않게 됐 다. 뉴스 시간 대부분 침묵을 지켰다. 난임 병원을 다니지 않게 되 면서부터는 특히 더했다.

뭘 어떡해야 좋을지 선명하게 답을 찾을 수 없는 지경에 다다르 면서 우리 부부는 꼭 필요한 말이 아니면 하지 않았다. 우리는 이 번에도 침묵을 지키다가 소파에 몸을 묻고 보다 만 범죄 스릴러 시 리즈를 이어서 보게 될 거라고 생각했다. 그렇게 우리의 아기도, 우리의 미래도, 당신과 나의 관계도 침묵에 쌓인 낙엽이 되겠다 싶 었다. 분명 중요하지만 어쩌지 못하다가 썩고 나면 치워버리는.

그런데 당신은 맘에 걸리는 게 있는지, 풀리지 않는 의문이 있 는지 한참 침묵을 지키다가 내게 말을 걸어왔다.

"그래도 이런 일이 자주 있는 건 아니겠지? 오늘 뉴스에 나온 일 같은……"

"무슨 말이 하고 싶은 건데?"

당신의 심중을 알 수 없었다. 무슨 말을 하고 싶은지, 스스로에 게 뭘 납득시키고 싶은지. 아니, 어쩌면 당신도 나와 같은 생각에

도달한 걸까.

그러니까 동영상을 공개한 이유가 법적 절차를 지켜야 해서이거나 그 일이 특별한 상황에서 벌어진 일이기 때문이 아니라 전혀 특별할 것 없는 상황이기 때문이라는. 얼마나 가혹한 행위인지 모를 정도로 일상적으로 일어난 일이라서 공개하는 것에 그 어떤 부끄러움도 느끼지 못한 거라고 말이다.

그러나 당신은 그렇게까지 생각하는 게 배신이라도 되는 것처럼 고개를 저었다.

"당신 생각은 어때?"

당신은 내게 물었다.

"뭐가?"

"당신이 다닐 때 저런 사건이 있었다면 어떻게든 알았겠지? 아니야?"

"무슨 말이야?"

"모를 리 없었을 거 아냐. 그렇게 오래 다녔고 사적인 얘기도 하고 그랬을 텐데."

"아니, 안 했을 거야."

나는 말했다.

당신은 고개를 들고 나를 빤히 봤다. 당신의 눈은 어떻게 그렇게 자신하느냐고 내게 묻고 있었다.

"자신들이 잘못했다고 생각하니까. 벌을 받아 마땅하다고 생각하니까."

"왜? 무슨 범죄라도 저지르고 들어간 거야?"

"그런 사람도 있긴 하지."

보이스 피싱에 가담했거나 사기를 쳤거나 폭행 사건을 일으켰거나 마약을 팔거나 했던 사람들이 구치소에 있다가 추방당하기 전까지 그곳에 머물기도 했다.

"뭐야, 그렇지 않은 사람도 있다는 거야?"

당신은 물었다.

"불심검문에 걸리거나 업주가 월급을 주기 싫어서 신고를 했거나 체류 기간을 하루 넘겨 신고하러 갔다가 잡혀오거나."

당신은 응? 하는 얼굴로 나를 봤다.

"그런데 벌을 받아 마땅하다는 생각을 한다고?"

나는 잠깐 생각하다 고개를 끄덕였다.

"사람을 죽인 것도 아니고 사기를 친 것도 아닌데, 왜 그런 생각을 해?"

"그렇지?"

나는 당신에게 확인을 받고 나서야 확실하게 알 수 있었다.

"그런 거겠지? 그렇게 생각하는 게 맞는 거지?"

그곳에서 그들과 얼굴을 마주하고 한 번이라도 말을 주고받으면 알 수 있다. 그들은 분명 벌을 받고 있었다. 그곳에서의 모든 것이 다 벌이라고 생각했고 스스로도 벌을 받아 마땅하다고 생각했다. 돌아갈 곳이 없으니까. 그래서 갇혀 있는 걸 담담하게 받아들였다.

"그건 아니지."

당신은 불쑥 말했다.

"설사 범죄를 저질렀다고 해도 그렇지, 똑같은 인간인데……"

나는 당신이 그렇게 말해줘서 마음이 놓였다. 그리고 비로소 내가 왜 당신에게 나임 이야기를 하고 싶었는지도 생각났다. 뉴스를 본 순간 가장 먼저 떠올랐던 사람도 나임이었다.

어쩐지 그날은 분위기가 화기애애하고 좋았다. 더위가 가신 덕인지 나임의 얼굴도 한결 좋아 보였다. 우리 사이에 어색하거나 당황스러운 분위기도 그날은 없었다. 그렇게 면회 시간이 거의 끝나갈 즈음이었다.

내가 무슨 질문인가 했을 때 갑자기 그의 등뒤에서 어떤 소리가 들려왔다. 뭔가 짧게, 그러나 강렬하게 외치는 소리였다.

나임은 힐끗 고개를 돌렸다. 그제야 나는 나임이 아닌 나임 뒤에 존재하는 남자를 발견했다. 검은 바지에 소매를 돌돌 말아올린 흰 셔츠를 입은 거구의 남자가 투명한 벽 너머 열린 문 바로 옆에 서 있었다. 내가 깜짝 놀라자 남자가 문을 그대로 지나쳐갔다. 파란의 입에서, 이쌈의 입에서, 아나스의 입에서 줄곧 등장하는 '스태프'라는 걸 알 수 있었다. 그러다 나는 새삼스럽게 뭔가를 깨달

왔다.

'여기는 놀이터가 아니다.'

그러자 눈앞의 나임이 아니라 문 너머의 남자가 의식됐다. 신경이 온통 거기에 쏠렸다.

남자의 얼굴이나 형체를 정확하게 볼 수는 없었지만 바지 벨트의 금속 버클은 확실히 볼 수 있었다. 좀 과격하다 싶게 면회 시간이 끝났음을 알려온 거라고 생각하기로 했다. 그게 사실이기도 했다. 그런데도 내 손은 심하게 떨렸다. 당장이라도 그가 우리를 향해 고함을 칠 것 같았다. 일어서야겠다는 생각을 하기 무섭게 나임은 내 표정을 읽고 내 움직임을 읽고 내게 앉으라고, 아직 앉아 있어도 된다고 손짓을 했다.

나임 역시 당황한 게 분명했다. 하지만 조금의 흐트러짐도 보이고 싶지 않은 얼굴이었다. 남자는 문 앞을 왔다갔다하면서 존재감을 드러내기 시작했다. 쾅쾅거리는 구둣발 소리가 나는데도 나임은 뒤를 돌아보지 않았다. 나임은 내 눈을 봤다. 그때의 나임은 아주 멀리까지 보는 눈을 가지고 있는 것처럼 보였고 나는 그런 나임을 따랐다. 나도 그처럼 아무렇지 않은 척 웃어 보였다. 그제야 나임은 입을 열었다.

지금은 기억도 나지 않는 별것 아닌 질문에 대한 답이었을 것이다. 그런 다음 그는 내게 잘 돌아가시라고 인사를 했고 내가 일어서는 걸 보고서야 자신도 일어섰다. 고작 일이 분도 안 되는 시간이었지만 내게는 너무 길게 느껴졌다.

집으로 돌아가는 버스에서 나는 차분해졌고 비로소 생각이라는 걸 할 수 있었다. 나임은 제대로 된 작별인사를 하고 싶었던 것이다. 마지막 순간을 그런 식으로 망치고 싶지 않았던 것이다.

정말 그곳에서 고문이나 고문에 가까운 폭행이 있었다고 해도 그들은 그 사실을 나에게, 우리에게 말했을 것 같지 않다. 면회실의 시시티브이 때문이 아니라, 누군가 자신의 일거수일투족을 지켜보고 있다는 것 때문이 아니라, 인간으로 대접받고 이해받고 존중받고 싶은 사람 앞에서 자신이 인간답지 못한 대접을 받고 있다는 말을 하기는 쉽지 않으니까. 지나치게 솔직한 나임이라도 그건 어려운 일이었을 것이다.

그날 면회를 마치고 돌아가면서 나는 나임이 어떤 곤경에 처하게 될지도 모른다는 생각을 했다. 그가 처할 곤경이 무엇일지 그때의 나는 짐작도 할 수 없었지만 나임이 어떤 사람인지는 조금 알 것 같았다. 시간이 지난 지금은 내가 그를 완전히 몰랐다는 생각이 든다. 그가 어떤 일까지 감수할 수 있는 사람이었는지. 갑자기 어두워져 아무것도 보이지 않더라도 차츰 사물이 또렷하게 보이기 시작하는 것처럼, 당신에게 나임에 대한 이야기를 하는 동안 나임의 얼굴을 선명하게 떠올릴 수 있었다. 그가 얼마나 빛나는 사람이었는지도.

바크

그날 나는 그곳으로 가는 시외버스 정류장에 서 있지 않았다. 어느 스파 브랜드 매장의 남성복 코너를 헤매고 있었다. 매대마다 그득한 옷들 사이에서 좌절한 나를 향해 여자 직원이 상냥한 얼굴을 하고 다가와 찾는 게 있는지 물었다.

"모르겠어요. 선물할 건데……"

"키가 어느 정도예요?"

나는 대답하지 못했다.

"덩치는요?"

"늘 앉아 있는 상태로만 봐서 가늠을 못하겠어요."

내 말에 그녀 역시 난감해했다.

"엑스라지는 아무래도 작을 거 같은데" 하고 나는 혼잣말을 했고 내 말을 들은 직원은 안타까워하며 말했다.

"더 큰 사이즈는 없는데요."

이렇게 큰 매장 안에, 옷도 이렇게 많이 있는데 더 큰 사이즈가 없다는 건 말이 안 되는 것 같았다. 그러나 선택의 여지가 없다는 걸 깨닫는 순간 엑스라지가 맞을 수도 있다는 쪽으로 생각이 기울었다. 이 큰 매장에서 가장 큰 사이즈라는데……

사이즈가 안 맞으면 교환하거나 환불을 하면 되겠지, 매장이야 곳곳에 있으니까, 하면서 가장 큼지막해 보이는 남자 방한 조끼를 골랐다. 밝은 색으로, 환한 색으로. 그다음 남성용 방열 내의를 집었고 겉옷 두 벌도 골랐다. 무난한 걸로, 평범한 걸로.

바람이 몹시 찼다. 운좋게도 앱으로 부르기 전에 지나가는 빈 택시를 발견했다. 어디어디 이주민센터로 가자고 기사에게 말하면서 나는 투명한 아크릴 벽 너머 철창 사이로만 보던 파란을 떠올렸다. 그곳에 가지 않고도 파란을 만날 수 있다는 사실에 새삼 흥분이 됐다. 이런 날이 오긴 오는구나, 싶었다.

택시 기사는 내가 말한 것만으로는 충분하지 않은지 정확한 주소가 어떻게 되느냐고 물었다. 그 말투가 어쩐지 딱딱하고 거친 느낌이었다. 나도 모르게 주눅이 들었다. 내비에 찍으면 주소가 나올 텐데, 싶으면서도 조용히 검색을 했다. 몇몇 이주민센터가 뜨긴 했다. 내가 말한 지역 이주민센터는 뜨지 않았다. 내가 알고 있는 게 정식 명칭이 아니었던 것이다. 늘 그래왔던 것처럼 나는 바크에게 톡을 했다. 바크는 내가 곤경에 처할 것을 알고 있었던 사람처럼 바로 답을 줬다.

눈앞에 없더라도 부르기만 하면 바크는 나타났다. 어떤 갑작스러운 상황에서도 내게 필요한 모든 게 그에게는 준비되어 있었다.

바크는 백 년 넘게 존재했을 것 같은 물 빠진 청바지를 일 년 열두 달 입고 있었고 그 청바지 뒷주머니는 항상 축 처져 있었다. 팔을 뻗어 뒷주머니에서 칼을 빼들듯 지갑을 빼들었고 바크의 지갑이 열릴 때마다 우리는 숨을 죽였다. 묵직한 지갑을 꺼내 아코디언의 바람 주머니처럼 접었다 펼쳤다 한 다음 얇은 비닐에 싸인 전화카드를 빼서 주면 우리는 감사하게 두 손으로 받아들었다. 비타민이 필요할 때는 바크의 지갑에서 포장된 비타민이 필요한 개수만큼 줄줄이 딸려나왔다.

뭔가 잘 모르겠다 싶거나 이걸 해도 되는지 확신이 서지 않을 때에도 바크는 필요했다. 가을에서 겨울로 넘어가던 때였다. 내가 면회하게 된 이제 막 스무 살이 된 청년의 이름은 박민이었다. 마치 한국 사람이 다른 나라 사람의 가면을 쓰고 있는 것 같았다. 단순히 한국말을 잘해서만은 아니었다. 그의 두 눈을 보고 있으면 말로 다 하지 못한 생각까지 읽을 수 있었다. 나와 같은 피가 흐른다는 느낌이 들었다. 민은 어릴 때 가족 모두 이 나라에 와서 난민

신청을 했다. 그리고 모두 난민 신청이 받아들여졌다. 그때 개명
도 했다.

"그런데 어떻게 퇴거명령을 받을 수 있는 거지?"

우리 중 누군가 의아해했다.

"뭐야, 난민 인정 받으면 우리나라 국민이 되는 거 아닌가?"

그러자 다른 누군가가 말했다.

"에이 무슨 그런 말을…… 이 나라는 그런 나라 아니야, 그렇게
허투루인 나라가 아니야."

민은 자신이 잘못한 게 많다고 했다. 그 잘못들이 뭔지는 구체
적으로 말하지 않았다. 소년원에도 갔었다고 했다. 소년원을 나와
서는 친구 아빠 회사에 취직해서 열심히 착실하게 살았다. 그런데
범죄에 대한 판결을 받으면서 난민 자격 심사가 진행이 됐고 이
년이 지나 강제퇴거라는 판결이 났다. 잘못에 대한 대가를 치르고
반성하고 새 삶을 살아가던 민은 판결에 당황했다.

민의 양팔에는 타투가 있었다.

"모두 이쁜 식물들이네."

민은 식물들에 관심이 많았고 삼국지를 좋아했다. 여기가 그의
나라이고 친구들도 다 여기에 있었다. 그러니 다른 나라로 갈 수
있다는 생각은 하지 못했다. 상상도 할 수 없는 일이라서 상상하
지 않는다고, 양쪽 볼을 빵빵하게 부풀리고 민은 해맑게 말했다.
하지만 자신이 잘못한 게 맞으니까 매일매일 반성문을 쓰고 있다

고 했다.

"하루에 한 번 반성문을 써요. 생각날 때마다 써요. 그런데 왼손 잡이라서 자꾸만 줄이 무너져서 걱정이에요."

세상에 그보다 더 큰 걱정은 없다는 듯 말했다.

나는 줄이 있는 노트를 구해보겠다고 했다. 읽을 만한 책도 넣어주겠노라고 했다.

"줄이 있는 노트는 넣어줄 수 있죠?"

나는 바크에게 물었다.

"노트에 스프링이 있는 건 안 돼요."

"스프링은 왜요?"

"자해할 수 있잖아요."

나는 새삼 깨달았다.

"하긴 뾰족한 부분으로 맨살을 계속 찌르면 상처가 나겠네요. 목이 가는 사람이라면 목을 조를 수도 있겠어요."

"정말 그렇다고 생각해요?"

"내 생각이 중요한가요?"

내가 반문하자 바크는 여기 관리자들에게도 사정이 있지 않겠냐고 했다. 그들도 자신의 일에 충실한 거라고 했다.

언젠가 바크는 누군가에게 잡지를 넣어달라는 부탁을 받아 헬스 잡지를 가져왔다가 거절당한 적이 있다고 했다. 벗은 몸 사진이 너무 많다는 이유였다.

"헬스 잡지에 벗은 사진이 많은 건 당연한데……"

바크는 웃었고 종잇장처럼 가느다란 그의 몸피는 자신에게서 나온 웃음으로 흔들렸다.

또 한번은 보디로션이 문제가 되기도 했다. 보디로션을 부탁받은 방문자가 자신이 왜 그걸 사다줘야 하는지 모르겠다고 했다.

"그런 것까지 가져다줘야 하나요…… 내가 무슨 배달원도 아니고……"

이번에는 방문자의 검열에 걸린 것이었다.

모두들 고민에 빠졌다. 전화카드와 비타민은 전해줄 수 있다. 책과 사전과 줄노트도 가져다줄 수 있다. 하지만 보디로션은 안 된다고 할 수 있을까.

누군가 조심스럽게 자신의 노모 얘기를 꺼냈다. 원래도 피부가 약하고 건조한데 나이가 드시니 로션을 바르지 않으면 밤새 잠을 이루지 못한다고 했다.

"그럼 사다줄까요?"

방문자는 물었다.

"그러지 않으셔도 돼요. 그래도 괜찮아요."

바크가 말했다.

잔뜩 힘이 들어갔던 눈이 풀리면서 우리의 방문자는 어깨를 늘어뜨리고 고백했다.

"저는 베이비 로션 하나로 얼굴도 바르고 몸도 바르고 그러거든요."

수용자들에게는 저마다의 상황이 있고 몸의 상태도 달랐다. 방문자들에게도 각자 사정은 있었다.

언젠가 방문이 있던 날 대기실이 사람들로 꽉 찼던 적이 있었다. 매년 한 번씩 자원봉사차 전통 공연을 하러 온다는 지역단체 사람들로 시끌시끌했다.

"왜 이렇게 남의 나라에 와서 사서 고생인지 모르겠어요."

나이가 지긋한 한 남자가 우리를 향해 말했다.

"자기 나라로 돌아가면 이렇게 힘들지 않을 텐데."

우리 중 누구도 그 말에 반응하지 못했다. 대신 바크를 바라봤다. 그러게요, 라며 바크는 남자의 사정을 이해했다. 방문자 중 누군가가 아니 왜 우리가 그렇게까지 이해를 해야 하는 거냐고 바크에게 물었다. 바크는 이번에도 그런가요, 했다. 다들 불법 체류자, 하면 고개를 돌리는데 이렇게라도 관심을 가져주고 위로 공연도 해주는 게 고마워서요, 라며 멋쩍게 웃었다.

바크가 알려준 주소를 찍고 택시는 출발했다. 파란이 이주민센터에 오기로 했다는 시각에 맞춰 갈 수 있겠다 싶어 마음이 놓였다. 처음 가는 길이라 목적지에 무사히 도착하는 것만으로 모든 할일을 마친 것 같은 생각이 들었다. 대기에 스며든 어둠이 그제야 눈에 들어왔다. 도로를 조용히 달려나가던 택시의 스피커폰에서 깜짝 놀랄 정도로 큰 소리가 났다. 오늘이 마지막날인데, 라고 택시 기사가 목소리를 높여 말했다. 처음엔 내게 하는 말인가 싶었지만 아니었다.

그는 동료 기사인지, 알고 지내는 동네 친군지 하는 사람과 스피커폰을 켜둔 채 통화를 했다. 별 급한 내용도 아닌 듯했다. 수화기 너머에서 오늘은 자면 안 된다고 하니까 택시 기사는 오늘 밤 새워야 해? 하고 큰 소리로 웃었다. 그랬다. 그날은 한 해의 마지막날이었다. 나는 통화를 하는 택시 기사의 음성을 숨죽여 들었다. 통화 내내 거칠게 이어지던 숨소리는 통화를 마친 뒤에도 여전했다. 뒷자리에 홀로 앉은 여자에게 위협이 될 수 있다는 걸 모르는 듯했다. 아니면 그래도 상관없거나.

나는 집에서 내내 입고 있던 기모 바지에 티셔츠, 검은 점퍼를 입고 보풀이 인 머플러를 대충 두른 차림이었다. 갑자기 옷차림을 신경쓰는 나 자신이 의아했다. 그곳에 다니면서 했던 새로운 경험 중에는 그런 것도 있었다. 내 목적지를 알게 되면 사람들은 지금까지 내가 받아온 시선과 다른 시선으로 나를 봤다. 갑자기 얼어붙고 움츠러들게 만드는 완전히 다른 차원의 시선이었다. 내가 가려는 곳이 택시 기사에게 나를 함부로 대해도 된다고 생각하게 만드는 근거가 되는 걸까. 내가 내 돈을 내면서 왜 이런 대접을 받아야 하는지 따지는 게 맞는 걸까. 그러나 바크가 말한 대로 각자의 사정과 상황이라는 게 있는 거니까. 게다가 내비의 음성은 나를 안심시킬 정도로 친절했다.

"비보호좌회전입니다."

택시는 어두운 도로를 달려 한층 더 어둡고 컴컴한 골목 입구에서 멈춰 섰다. 기사가 무뚝뚝하고 냉랭한 목소리로 말했다.

"여기서 내려줄 테니 찾아가세요."

나는 여기가 어디냐고, 목적지까지 왜 가지 않느냐고 묻지 않았다. 순순히 그가 말하는 대로 했다. 택시에서 내려 주변을 둘러봤다. 어두컴컴한 골목에는 사람들이 함부로 갖다 버린 쓰레기 냄새만 진동했다. 보이지도 않는 이주민센터의 간판 불빛을 나는 찾고 있었다. 실제로 이주민센터라는 곳엘 가본 적도 없으면서 막연히 주민센터 비슷한 곳이라고 생각했던 것이다. 내키지 않았지만 어둡고 냄새나는 골목 깊숙이 들어갔다. 얼마간 걷자 가로등 불빛이 보였다. 조금 떨어진 곳에 컨테이너 박스 건물 하나가 나타났다. 그 맞은편에 허름하고 작은 이층 건물이 있었다. 외벽이 다 벗어져 앙상한 콘크리트를 드러낸 건물에도 내가 찾는 간판은 없었다. 하나뿐인 일층 문에 달린 유리창 너머에서 한곳을 바라보고 있는 서로 피부색이 다른 아이들을 볼 수 있었고 그제야 제대로 찾아왔다는 확신이 들었다. 아이들이 수업을 받는 교실 문 바로 옆으로 나무 계단이 있었다. 내가 찾는 목적지가 이런 곳이었구나 하는 깨달음을 안고 계단을 올라갔다. 희미한 불빛이 불투명한 유리창으로 새어나오고 있었다. 문을 두드려봤지만 안에서는 아무 소리도 들리지 않았다. 문을 열어젖히자 금방 무너질 것 같은 작고 어두운 공간에 먼지로 만든 형상 같은 노인 둘이 둥근 테이블을 사이에 두고 앉아서 나를 봤다.

어떻게 오셨냐고 둘 중 한 사람이 물었다. 얼굴을 가득 뒤덮고 있는 새하얀 수염 속에서 우물거리는 입술을 간신히 볼 수 있었다. 내가 찾는 곳이 맞는지 묻자 그들은 고개를 끄덕이면서 들어오라고 했다.

센터장이라고 자신을 소개한 노인, 그리고 그의 맞은편에 앉아서 나를 향해 웃는 것으로 자신의 소개를 마친 흰 수염의 노인 사이에 앉아 나는 파란 일행을 기다렸다. 예상보다 파란과 바크의 도착이 늦어지고 있었다. 그러나 파란이 오고 있는 것만은 분명했다. 시간이 얼마나 오래 걸린다고 해도, 파란이 기다려온 시간에 비한다면 결코 길다고 할 수 없었다. 그런데도 시간이 너무 길게 느껴졌다. 늘 철창과 아크릴 벽 너머로만 보던 파란을 그곳이 아닌 곳에서 만난다고 생각하자 다시 기분이 이상해졌다. 파란에게는 평생 다시없을 날이라는 생각에 흥분이 됐다. 그때 마침 계단을 올라오는 발소리가 났다. 우리는 함께 흥분하면서 발소리의 주인이 파란인가 했지만 아니었다. 아래층에서 수업을 하던 젊은 남자가 바구니에 귤을 한가득 가지고 왔다. 그는 학생들 중 한 아이가 가져온 거라면서 귤 바구니를 흰 수염 남자에게 건넸고 팔을 길게 뻗어 내게도 하나 건넸다. 귤껍질을 까면서 손끝에서 터지는 즙이며 상큼한 향이 고스란히 기억에 남을 정도로 생생하다. 선명한 기억은 이상하게도 거기까지다.

막상 파란과 바크가 도착해서 문을 열고 들어선 다음 장면들은 무엇 하나 선명하지 않다. 문을 열고 들어서는 파란을 본 순간의 놀라움도 꿈같다. 덩치가 이 정도로 큰 사람이었나, 하고 나는 계속 놀랐다. 내가 들고 있는 쇼핑백 속 엑스라지로는 어림도 없는 사이즈였다. 이 땅 어디에도 감당할 옷이 없을 듯했다.

파란은 내게 다가오며 점점 가늠할 수 없을 정도로 커져갔다. 호리병에서 나오는 지니를 보는 기분이었다. 우리 사이에 벽이 없다는 것도 이상했다. 꼭 딴사람처럼 낯설게 느껴지다가 수줍어하는 파란의 얼굴을 보자 바로 내가 아는 파란으로 보였다. 나는 웃었다. 그냥 웃음밖에 나오지 않았다. 모두 웃었다. 모두 나와 같은 얼굴로 웃었다. 그런 와중에도 나는 옷 걱정을 했다. 엑스라지로도, 엑스엑스라지로도, 그보다 더 큰 사이즈로도 어림없는 크기의 파란, 파란이라는 사람. 그 꿈같은 순간 이후의 기억은 더 흐릿하고 불투명하다.

파란과 바크와 헤어진 뒤 버스 정류장 앞에 선 나는 정체를 알수 없는 흥분인지 두려움인지로 심장이 몹시 심하게 뛰고 있었다. 정류장에는 사람이 하나도 없었다. 나무들은 검고 하늘은 선명한 짙은 파랑이었다. 뾰족하게 솟은 나무들이 일정한 간격으로 서있는 걸 가만히 보고 있자니 마음이 조금 차분해졌다. 나는 숨쉬기를 이제 막 허락받은 사람처럼 천천히 숨을 쉬었다. 그러나 얼마 가지 못해 내 숨이 거칠어졌다. 바크의 일그러진 얼굴이 떠올랐다. 흥분한 그의 목소리가 내가 서 있는 정류장을 어둡게 물들였다.

파란과 바크가 도착하고 얼마 지나지 않아 한 남자가 들어왔다. 파란의 피부색이 고동색에 가깝다면 예전에 같은 곳에서 일한 동료였다는 그의 피부색은 커피색에 가까웠다. 파란보다 젊고 날렵해 보였다. 보통 레게 머리라고 하는 드레드 스타일을 하고 있어서인지도 몰랐다. 파란, 파란, 파란, 파란. 그리고 또 파란. 다른 할 말은 없다는 듯 남자는 파란의 얼굴을 보고 파란만을 불렀다. 손을 꼭 잡고 부르고 또 불렀다. 서로에게서 시선을 떼지 않은 채 웃고 또 웃었다. 파란을 이주민센터와 연결해준 것도 드레드 남자였다. 그 역시 센터의 임시 숙소에 머물고 있다고 했다.

무슨 생각이 들어요, 파란? 뭐가 제일 먹고 싶어요, 파란? 그날은 바크도 흥분해 많은 질문을 했다.

파란은 아무 생각도 안 들고 먹고 싶은 것도 없다고 했다. 셀 수 없이 많은 날을 갇혀 지낸 장기 수용자였던 파란은 이 해방의 순간을 실감할 시간이 더 필요해 보였다. 예전 동료였다는 드레드 남자가 들어와서야 파란은 겨우 안심하는 얼굴이었다. 이제 진짜 바깥에 나온 것 같다며 웃었다.

센터장은 파란이 당분간 있게 될 임시 숙소에 한번 가보자고 했다. 센터에서 가까운 곳에 있다고 해서 모두 밖으로 나왔다. 실내보다 밖이 더 환하게 느껴졌다. 아주 오래 어둠 속에 있다 나온 것처럼.

파란이 제일 먼저 앞장을 서서 나갔고 그다음 바크와 사람들이 빠져나갔다. 맨 뒤에서 내가 쇼핑백을 들고 따라 나갔다. 폭이 좁고 높은 아슬아슬한 나무 계단을 내려가는 사이에 무슨 일인가가 벌어지고 있었다. 건물 밖으로 나와 지상에 발을 디뎠을 때 욕을 하고 고함을 치는 소리가 들려왔다. 러닝셔츠만 걸친 육십대 초반의 남자가 차를 왜 골목 한가운데에 세워뒀냐면서 소리치고 있었다.

남자는 볼과 목이 붉어진 채로 이 거지같은 새끼들 어쩌구 하면서 화를 냈다. 바크가 골목에 댄 차를 가지고 시비를 걸고 있었지만, 실은 차를 타고 온 사람들이 맘에 들지 않아서 그러는 것이었다. 외국인들 때문에 동네가 아주 후지고 더러워졌다고, 파란에게 가라고, 꺼지라고 했다. 그 예기치 못한 상황에서 더 예기치 못한 일이 벌어졌다. 러닝셔츠 남자에게 사정을 말하고 이해를 구하고 사과했어야 할 바크가 그러지 않았다. 남자에게 지지 않고 달려들었다. 어디서 욕을 해! 당신이 뭐라고 욕을 해! 한 번도 본 적 없고 상상해보지 못한 거친 목소리였다. 몸싸움이 벌어지려는 순간 둘 사이에 파란이 끼어들었다. 둘을 떼어놓으며 파란은 괜찮다고 했다. 십구 년을 한국에서 살았고 오 년 가까이를 갇혀 있다 나온 지

채 한 시간도 지나지 않은 남자가 웃으며 다 괜찮다고 했다. 그러나 바크는 괜찮지 않았다. 파란이 다 괜찮다고 하니까 바크는 더 괜찮지 않은 얼굴이 됐다. 결코 화를 내지 않던 바크가 화를 내니까 뭘 어떡해야 할지 알 수 없었다. 왜인지 몰라도 그 순간 뒤엉킨 어두운 감정들이 내게 덮쳐왔다. 그때 내 머릿속을 차지하고 있었던 건 서연이었다. 항상 당황한 것 같던 얼굴의 그녀였다. 바크가 화를 내는 사람이 러닝셔츠 남자가 아니라 나라는 생각이 들었다. 세상은 금방이라도 무너져내릴 것 같았다. 이미 무너지고 있는지도 몰랐다.

*

정류장이 있는 도로 맞은편에는 나무들이 늘어서 있었다. 굵은 가지에서 뻗어나간 자잘한 가지들이 어디서 시작해서 어떤 방향을 향해 있는지, 가지와 가지들이 어떻게 얽혀 있는지가 분명하게 보였다. 날은 어두워 캄캄한데 하늘은 여전히 짙은 푸른빛이었다. 큰 줄기로 죽죽 뻗어나가는 교목들은 일정한 간격을 두고 도로가 끝날 때까지 줄을 서 있었다. 일정한 간격이 만들어내는 고요하고 평화롭기 그지없는 모습을 한동안 바라봤다. 한 해의 끝답게 바람은 매섭고 차가웠다. 내 머릿속도 어느새 차고 단단해졌다. 까마득하기만 했던 조금 전의 기억이 선명하게 떠올랐다.

*

 우리는 파란이 지낼 거처로 향했다. 말 그대로 임시였다. 울퉁 불퉁한 시멘트 바닥을 다 덮지 못한 장판 위에 일인용 전기장판이 일렬로 죽 늘어서 있었다. 장판 위로는 이부자리가 깔려 있었다. 파란은 문 앞 이부자리 위에 도장 박듯 캐리어를 올려놓았다. 차 라리 보호시설이 더 낫겠다 싶을 정도로 볼품없는 잠자리였지만 파란은 만족한 얼굴이었다. 일할 곳을 알아봐줬다는 센터장 말에 는 울컥하기까지 했다. 더 바랄 게 없다는 얼굴이었다.

 여러 명이 서 있기 비좁은 공간이었다. 센터장이 파란에게 숙소 의 다른 곳을 보여주는 동안 바크와 나는 밖으로 나왔다.

 골목은 어두웠다. 바크는 언제 흥분을 했느냐는 듯 차분한 얼굴 이었다. 멸망할 것 같던 세상도 고요했다. 미친듯이 뛰던 내 심장 만 여전히 뛰고 있었다. 놀라긴 했지만 한편 안심이 되기도 했다. 바크의 진짜 목소리를 들은 것 같아서.

 철창과 아크릴 벽을 사이에 두고 있다고 해도 비좁은 공간에 앉 아 있으면 우리는 더이상 수용자와 방문자가 아니었다. 빈손과 맨 몸으로 만난 사람들이었다. 늘 심각한 이야기나 꼭 필요한 이야기 만 나눌 수는 없었다. 지극히 개인적인 대화는 피하고 싶어하는 수용자도 있었다. 이런저런 이야기를 빼고 나면 면회 이십 분은 결코 짧은 시간이 아니었다. 작정하고 최대한 밝은 에너지를 내려고 애를 쓰다보면 머리가 둔탁해지면서 손끝과 발끝이 오므라들었다. 손바닥을 무릎에 대고 자꾸 비비다보면 현실감각이 사라졌다. 창구에서 고객을 상대하는 일과 같다고 생각하려 애쓰면 또 그런 것 같기도 했다. 어떤 날은 갇혀 있는 게 나고 상대가 내 면회를 온 것 같기도 했다. 우리를 위해 기도해주던 이쌈 목사를 만날 때면 특히 더 그랬다. 그곳에서 나올 때까지는 갇혀 있는 게 내가 아니라고 확신할 수 없었다. 누군가를 가두기 위해서는 다른 누군가도 갇혀야 한다. 그렇지 않으면 누구도 가둘 수 없다.

"파란은 얼마 동안 나와 있는 건가요?"

말 그대로 일시적인 보호해제였다. 따라서 다시 그곳으로 돌아가야 하는 순간을 생각하지 않을 수 없었다.

바크는 일 년이라고 했다.

"일 년이 지나면요?"

"연장 신청을 해야겠죠?"

"연장해주기도 하나요?"

"그러길 바라야겠죠?"

우리의 대화는 줄곧 의문문으로 이어졌다.

"바라는 대로 안 되면요?"

"그곳으로 돌아가야죠?"

바크는 파란이 그곳으로 돌아가는 걸 지금 당장 생각하고 싶지 않다고 했다. 그래도 그런 일이 있으면 파란을 그곳까지 다시 데려다줄 것 아니냐고 내가 묻자 그는 주저하지 않고 말했다.

"도망치라고 할 거예요."

뭔가 굉장한 말을 들었다는 생각이 들었는데 그 순간은 아주 짧게 지나갔다. 파란과 일행이 집밖으로 나왔다.

우리는 식당으로 향했다.

센터장이 순댓국집 간판을 향해 앞장서 걸었다. 식사를 마치고 밖으로 나왔을 때 바크는 함께 사진을 찍자고 했다. 우리는 어둠 속에서 불을 밝히고 있는 순댓국집 간판 불빛 아래에 나란히 서서 웃었다.

처음 센터에서 보내온 사업보고서를 훑어보고 난 다음 사업 설명회에 간 날은 마침 산부인과 예약이 있던 날이기도 했다. 내가 도착했을 때 한 남자가 마이크를 쥐고 단상에 서 있었다.

"예전에 어떤 분이 교도소에 수감이 된 친구 면회를 간 일이 있대요."

면회실에서 만난 친구가 이렇게 말했다고 했다.

"나는 됐고, 내 방에 한 사람이 있는데…… 일 년 내내 찾아오는 사람 하나 없어. 말할 사람 하나 없고 면회 오는 사람도 없어. 가끔 와서 그 사람을 면회해주면 안 되겠니?"

그 사람이 비자가 없어 구금된 후로 일 년이 지나고 이 년이 지나고, 그렇게 대책 없이 시간이 흐르고 있었다. 그렇게 한 사람의 존재가 알려지게 됐고 그 한 사람을 찾아가는 길을 함께 걷는 이들이 생겨났노라고 했다.

마이크를 쥐고 있던 사람이 바크였는지는 모르겠다. 다만 내 기억에서 선명한 건 그가 말을 마치자마자 불이 꺼진 행사장에 띄워진 슬라이드 영상이었다.

방문자들이 '그곳'에서 면회를 마치고 나와 밖에 일렬로 서서 찍은 사진들이었다. 사진 속 장소는 모두 같았다. 담장이 길게 가로놓여 있고 담장 안쪽에 아름드리나무들이 있고 더 안쪽에 단층 건물이 보였다. 방문자들의 조합은 매번 달라졌다. 늘 같은 얼굴도 있고 두세 장에 한 번 등장하는 얼굴도 있고 특별한 손님으로 보이는 얼굴들도 있었다. 조금씩 변해가는 계절과 나무의 형태와 하늘 색과 날씨에 맞춰 달라지는 방문자들의 옷차림과 표정, 나날이 다른 날들로 만든 일 년이라는 시간이 사진 속에 있었다. 그곳이 존재하는 한 그곳을 잊지 않고, 그곳에 갇혀 있는 사람들 또한 잊지 않는 사람들이 있다는 의미였다. 잊지 않고 그 길을 걷고 또 걷다보면 언젠가는 한 사람과 함께 돌아오는 날도 있으리라는 기대도 있었다.

막상 내가 사진 속 방문자가 됐을 때 그 길 위에서 가장 많이 본 얼굴은 바크였다. 그가 그 자리에 있기 위해서 어떤 희생을 치르는지, 무엇을 감당해내는지 알 수 없었지만 사람들 모두 그를 보고 있었다. 그를 향해 웃으며 큰 소리로 말했다.

"잘 찍어주세요."

그 한순간을 위해 나는 그곳에 갈 날을 기억했고, 기다렸다. 그날이 오면 알람이 울리기 전에 먼저 눈을 떴고 발을 구르면서 버스를 놓치지 않기 위해 마음을 졸였다. 방문 전날이면 악몽을 꿨다. 바크가 찍은 사진 속에 아무도 없는 꿈이었다. 그러니 알람보다 먼저 깰 수밖에 없었다. 나를 깨운 것은 텅 빈 도로 한가운데에서 카메라를 들고 서 있는 바크였다.

*

그날은 한 해의 마지막날이었다. 그것 말고는 아무런 의미도 없었는데 그게 아주 아무것도 아닌 건 아니었던지 건널목을 건너오는 한 여자가 눈에 들어왔다. 내 시선을 사로잡은 건 여자가 든 한아름 되는 꽃다발이었다.

나는 이제 막 버스에 오른 상태였다. 버스는 그대로 출발하지 않고 달려오는 여자를 기다려주었다. 여자는 숨을 헉헉거리며 버스에 오른 다음 맨 앞자리에 앉았다. 누군가에게 줄 것인지, 혹은 누구에게 받은 것인지 알 수 없었지만 그녀가 느끼는 흥분과 긴장감이 맨 뒷자리에 앉은 내게까지 전해졌다. 꽃다발이라는 건 부족한 것이 없는 상태에서나 가치 있는 선물이라고 생각했다. 그러나 버스 맨 뒷자리까지 가득 퍼지는 꽃향기를 맡으며 나는 깨달았다. 몸에 꼭 끼는 터무니없이 작은 옷이 아니라 꽃다발을 샀어야 했

다. 저 정도 크기가 되는 꽃다발을 안겨줬어야 했다. 인간은 서로
에게 슬픔이나 고통만 전할 수 있는 게 아니니까. 기쁨도 전할 수
있는 거니까.

그날은 한 해의 마지막날이었고, 그곳에 가지 않고 파란을 만날
수 있게 된 첫번째 날이었다.

* 25~26쪽 집에 대한 시는 워산 샤이어Warsan Shire의 「집Home」에서 빌려왔다.

작가의 말

어렸을 적 〈엄마 찾아 삼만 리〉라는 만화영화 시리즈를 열심히 봤다. 이민선을 타고 외국으로 일하러 간 엄마를 찾아 낯선 나라를 떠도는 소년 마르코의 이야기였다. 엄마가 일한다는 곳을 어렵게 어렵게 찾아가보면 엄마는 이미 다른 일을 하러 떠난 뒤였다. 사악하게도 만화는 마르코가 간발의 차로 번번이 엄마를 놓치게 만들었다. 마르코가 느끼는 절망감이 텔레비전을 뚫고 와 내 잠을 설치게 했다. 날 때부터 엄마가 아팠고, 언제 엄마가 나를 떠날지 모른다는 두려움으로 꽉 채워진 내 유년 시절을 생각하면 잔인하기 그지없는 내용이었다. 포기하지 않고 끝까지 본 이유는 단 하나였다. 마르코가 엄마를 만나는 순간을 목격하기 위해서.

　마르코는 마지막 회에 가서야 엄마를 만나게 된다. 다시 말해

재회 이후 마르코가 엄마와 함께 시간을 보내면서 느낄 기쁨과 행복까지 지켜볼 기회는 내게 주어지지 않았다. 그래서였는지 몰라도 먼 나라에 외따로 떨어져 이방인이 되어버린 이들의 이야기가 늘 내 마음 한편에 자리하고 있었다. 그러다 다다른 곳이 외국인보호소였다. 방문을 하는 동안 가장 힘들었던 건 먼 거리도, 그만큼 시간을 내야 하는 부담감도 아니었다. 그들이 여기까지 어떻게 오게 됐으며 무엇을 희망하는지를 알게 되는 일이었다. 투명한 벽 너머 이방인이 마르코로 보이는 순간이었다.

사실 방문자들이 그들에게 해줄 수 있는 일은 많지 않았다. 의지를 가지고 할 수 있는 건 사진을 찍는 일이었다. 그것은 단순한 사진이 아니었다. 누구도 알지 못하고 알려고 하지 않는 곳에 희망을 버리지 않은 채 삶을 열망하는 사람들이 있다는 기록이었다.

방문을 마치고 보호소에서 나올 때마다 사진을 찍었다. 보호일시해제를 받고 나온 이들과 찍었고 심지어 보호일시해제 기간이 끝나서 다시 보호소로 돌아가는 이를 배웅하는 길에도 찍었다.

보호소 안에 있는 그들에게는 보호해제가 유일한 희망이었다. 보호일시해제 결정서를 받기만 고대했다. 그런데 한번 밖에 나왔다가 다시 그곳으로 돌아갈 때의 마음이 어떨까, 상상이 안 됐다. 사진 속 나의 마르코들은 웃고 있었다. 별일 아닌 것처럼. 환하게.

편집자분이 소설을 교정하다가 질문을 주셨다. 보호소에 대한 묘사 중에서 '투명한 벽 너머'에 더해 '철창'도 존재하는 것 아니냐고. 실제 보호소의 면회실이 그렇다는데요? 라는 말에 할말을 잃었다.

그 말이 맞았다. 그런데 나는 왜 그들을 투명한 벽 너머로만 봤다고 기억했던 걸까.

철창 속 모습으로 그들을 기억하고 싶지 않았는지도 모른다. 그들이 가혹한 조건 아래 있음을, 그리고 그것을 내가, 우리가 묵인하고 있었음을 인정하고 싶지 않았는지도 모른다. 그런데 다시 생각해보니 꼭 그런 것만은 아니었다. 만나는 동안 우리 사이에는 철창이 없었다. 그들은 갇혀 있는 게 아니라고, 잠시 숨을 고르고 있을 뿐이라고, 삶이 언제든 다시 이어질 거라는 표정으로, 온몸으로 말하고 있었다.

나는 줄곧 일직선으로 달리는 열차 안에 있었구나. 보호소를 처음 방문했던 날 그런 생각을 했다.

나와 같은 인종의 얼굴만을 바라보고 같은 언어로 말하고 같은 꿈을 꾸고 있음을 확인하고 확인 받으면서, 똑같은 목적지로 향하는 사람들로 꽉 찬 기차 한 량에 갇혀 고집스럽게 달리고 있었다고 말이다. 그러나 방문이 계속되면서 내가 탄 열차가 실은 곧게 뻗은 레일이 아니라 휘어진 곡선의 레일을 달리고 있다는 생각을 하게 됐다. 우리 안에 존재하는 이방인을 인정하고 받아들이는 사회로 변화하는 우회로를 달리고 있는 거라고 말이다. 막힌 길 앞에서 멈추거나 포기하지 않고 계속해서 새로운 삶을 꿈꾸고 갈망하는 사람들이 존재하니까. 지금 갑자기 생겨난 것도 아니고 앞으로도 이들은 사라지지 않을 테니까.

2023년 봄
이유

문학동네 장편소설
당신들의 나라
ⓒ 이유 2023

초판 인쇄 2023년 3월 16일
초판 발행 2023년 3월 30일

지은이 이유
책임편집 정민교 | 편집 여승주 정은진
디자인 김하얀 최미영 | 저작권 박지영 형소진 오서영
마케팅 정민호 이숙재 김도윤 한민아 이민경 안남영 김수현 왕지경 황승현 김혜원
브랜딩 함유지 함근아 박민재 김희숙 고보미 정승민
제작 강신은 김동욱 임현식 | 제작처 영신사

펴낸곳 (주)문학동네 | 펴낸이 김소영
출판등록 1993년 10월 22일 제2003-000045호
주소 10881 경기도 파주시 회동길 210
전자우편 editor@munhak.com | 대표전화 031) 955-8888 | 팩스 031) 955-8855
문의전화 031) 955-2696(마케팅) 031) 955-2675(편집)
문학동네카페 http://cafe.naver.com/mhdn
인스타그램 @munhakdongne | 트위터 @munhakdongne
북클럽문학동네 http://bookclubmunhak.com

ISBN 978-89-546-9290-8 03810

잘못된 책은 구입하신 서점에서 교환해드립니다.
기타 교환 문의 031) 955-2661, 3580

www.munhak.com